대아비지

불멸로 향하는 길

장편 禪 소설

대아비지

불멸로 향하는 길　어떤 백수

도화

들어가기

1.

아무 쓰잘 데 없는 이야기이다.

저 서라벌의 황룡사 마당에 세워졌던 장엄한 9층 목탑과 그 목탑을 건립한 백제의 도인 〈아비지〉에 관한 헛소리다.

마을에서 거짓말이나 지어내며 호구를 이었던 내가 그 전을 거둔지 근 20여 년이 다 되어 간다(중간에 한 편 쓰기는 하였지만). 그 해(97년), 절집에서 밥을 얻어먹었던 지라 불자의 필수인 〈반야심경〉이나 외워두려고 겁 없이 대들었다가 그 밤에 바로, '색즉시공'이라는 화두의 낚시 바늘을 콱 물어버리고 말았었다.

그후 이리저리 떠돌며 살아가던 중, 얼마 전 경주의 '황룡사지'에 들렀다가 백제의 큰 스승 아비지를 대면하게 되었다.

배운 게 도둑질이라 하였던가?

비로소 아비지를 만나자 마치 전생의 일처럼 생생한 사실들이 머리를 치고 나오려 아우성이었다. 그러나 오랫동안 닫아 두었던 가게 문을 잠깐이나마 열려고 하여도 한참 들어앉아 글을 쓸 방이 없었다.

그러던 중, 인연이 닿은 설악산의 한 사찰에서 낮에는 절의 허드레 일을 도우고 밤에는 방바닥에 꾸부리고 앉아 종이에 볼펜으로 초고를 썼다.

2.

열어둔 창밖의 나뭇가지에선가 보다. 새들이 청아한 소리로 지저귄다.

"또 가야지, 또 가야지!"

그렇다. 허튼소리 지껄이느라 한참을 머물렀다.

가자. 묶였던 말뚝을 걷어차고 일어서자. 툴툴 털고 또 걷자.

가자!

2016년 여름 한 낮.

속초에서

어떤백수 합장

목차

들어가기
기단 욕망이 곧 도다 _ 9

1부 백제 편
제1층 사람이 부처다 1 _ 23
제2층 석탑은 돌덩어리다 _ 49
제3층 색은 색이 아니다 _ 66
제4층 봐야만 거울이니라 _ 84

2부 서라벌 편
제5층 사람이 부처다 2 _ 117
제6층 탑이 곧 마음이다 _ 151
제7층 오래된 거울 1 _ 177
제8층 목탑은 장작더미니라 _ 205
제9층 불탑은 허공이니라 _ 230
보주 오래된 거울 2 _ 244

나가기

그때 내가 대박사께 물었다.

"탑이 무엇입니까?"

"거울이니라!"

거침없이 뱉은 그 대답에 나는 말문이 콱 막혔다. 그해 나는 열일곱 살이었다. 천 년이 훌쩍 넘은 지금에 와서 생각하면 참으로 친절한 대답이었다. 그러나 당시는 까마득히 몰랐었다. 사람은 저마다 하나씩, 머리나 혹은 가슴처럼 내 안에 짊어진 오래된 거울이 있다는 것을.

기단
욕망이 끝도다

1.

달은 어느덧 중천에 솟았다. 풍만했다. 사월 열나흘이었다. 거기다 구름 한 점 없는 밤하늘이라 은은하기 그지없었다. 멀리서 소쩍새소리가 날아와 탑의 9층 꼭대기 로반에 부딪혔다.

대박사는 아직 돌아오지 않았다. 이 밤이 지나면 불탑의 준공식이 거행된다. 정리해야할 뒷일이 남았을 거였다. 빈 방에 잠자리를 펴 드리고 동금당 뒤뜰로 나오다가 나는 툇마루에 털썩 걸터앉고 말았었다. 휘영청 밝은 달이 시야에 척 들어와서다. 거기다, 보름달이 걸린 탑 상륜부 꼭대기의 눈부신 찰주에 나는 마음이 박혀버렸다.

"불탑이 무엇입니까?"

고개를 젖히고 밤하늘의 뾰족한 탑 꼭대기를 쳐다보는데 문 득 그 질문이 떠올랐다. 백제 금마저의 미륵사에서였다.

"거울이니라!"

대박사는 준비해둔 답처럼 조금의 망설임도 없이 제꺽 답했 다. 그때 나는 말문이 콱 막혔다. 그러나 신라의 서라벌로 온 후에 다시 같은 질문을 하였을 때는 단번에 막히지 않았다.

이 황룡사 마당에서 9층 목탑을 지어 올리던 어느 날이었 다. 나는 탑의 의미가 궁금하여 대박사께 또 물었었다.

"탑이 무엇입니까?"

이 날의 대답은 달랐다.

"곧, 사람이니라!"

"그렇다면 탑이 곧 부처입니까?"

"탑은 탑이요 부처는 부처이니라!"

나는 거기서 또 걸려들고 말았다. 말문이 막혔던 것이다.

불국으로 들어가는 문이 있다면 아마도 휘영청 밝은 보름달 이리라. 그리고 그 문을 열어젖히는 열쇠가 있다면 아마도 탑 꼭대기를 뾰족하게 장식한 로반의 여러 보형물일 것 같았다. 그렇다면 황룡사 동금당의 검은 지붕 너머로 치솟은 거대한 9 층 목탑 꼭대기의 로반에 보름달이 걸쳐져 있는 바로 지금이 불국의 문이 열리는 순간일 것이었다. 나는 황홀함에 젖어 넋 놓고 밤하늘만 바라보았다.

"게 있느냐?"

대박사였다. 그제야 나는 화들짝 정신을 차렸다. 저녁 회식을 마치고 돌아온 모양이었다. 깊어진 밤기운 같이 차분한 소리였다.

"예, 대박사님!"

나는 소쩍새 소리 사이로 대답을 하며 치켜들었던 고개를 바로 내렸다.

2.

날이 밝으면 이제 9층 탑 준공식이 거행될 터였다. 선덕여왕이며 월성 궁궐의 중신들도 모두 이곳 황룡사로 몰려오리라. 이간 용춘공, 그리고 국통 자장율사며 이미 여러 날 전 출발하여 분황사에서 기다리고 있는 먼 곳에서 온 고승들과 지방 성주들, 또한 인근 사찰의 스님들도 모두 대법회에 참석할 거였다.

햇수로 꼬박 3년이 걸린 큰 불사였다. 동원된 각종 장인들의 숫자만 해도 매일 2백여 명씩이었다. 거기다 또 백제에서 초빙되어온 박사와 조수들의 수만 해도 적지 않았다.

원래 신라 장인들의 기술 수준으로는 엄두도 못 낼 일이었다. 꼭대기에 구름이 노닐다 가는 높이의 까마득한 이런 9층 탑은 인근의 해동 삼국은 물론, 대륙의 당나라 땅 어디에도 일찍이 세워진 바가 없었다. 내밀히 삼국통일을 꿈꾸던 신라 왕실에서는 염원이 깃든 웅대한 불탑 건립을 계획하였다. 또한 내밀히 백제의 승단과 왕실 귀족을 접촉하여 결국 불탑 대박사 아비지를 비롯해서 와 박사와 로반 박사, 목 박사, 그리고 박사들을 도울 여러 명의 조수들을 신라에서 공식 초빙하기에 이르렀었다.

3.

나는 툇마루 난간 위를 따라 걸어서 대박사의 방 앞에 다가가 섰다. 달빛도 따라 오다 나의 발뒤꿈치에 멈추어 섰다. 방 안에서는 아무 기척도 새어나오지 않았다. 이내 헛기침을 하고 나는 가만히 방문을 열었다.

"게 앉거라!"

일렁거린 촛불 빛에 대박사의 모습이 잠시 흔들렸다. 내가 깔아두고 나온 이부자리 위에 가부좌를 틀고 앉은 대박사는 방

문을 마주하고 있었다. 무슨 불상 같았다. 언뜻, 금당의 장륙
존불이 잠깐 나와서 여기 이렇게 앉아계신 듯싶었다.

대박사는 예전에 스님이었다. 젖먹이 때 업혀 절에 들어가
서 동자승으로 자랐고, 청년시절에 마을로 내려와 불탑 장인의
길을 걷게 되었다고 하였다. 그리고 이제는 이미 반백의 장년
이었다.

"무엇을 하고 있었더냐?"

내가 방에 들어서서 문 쪽에 엉거주춤 엉덩이를 내리자 대
박사가 물었다. 술자리에 참석하였을 터인데도 전혀 술기운이
없었다. 그게 대박사의 모습이기도 하였다.

"탑의 보주에 걸린 달을 구경하였는데, 참으로 하늘의 불보
살님들이 하강한 듯 신비로운 광경이었습니다."

"네놈은 말을 하되 여전히 꾸며대는구나! 수식을 하지 말라
고 하였거늘. 어디 말 뿐이냐. 글이며 글씨도 그러하다. 꾸며
대는 짓은 허망하니, 이게 곧 망상이며 번뇌이니라."

"아름답게 묘사하려는 마음도 번뇌입니까?"

나는 궁금하여 대꾸하였다.

"그렇다. 하지만, 설명으로 어찌 알아듣겠느냐. 보지 못하는
것을!"

"이러하니, 무명이 참으로 갑갑합니다."

"그러면, '저 웅대한 불탑이 어찌 허공인고?' 하는 의심 덩어리는 아직 챙기고 있느냐?"

"예. 이제 스님이 되어 계를 받더라도 이 의심은 놓지 않겠습니다."

대박사는 며칠 전, 내가 스스로 챙긴 의심 덩어리의 여부를 다시 확인하고서야 하던 말을 이었다.

"그러하다면, 참고로 들어 두어라!"

"알겠습니다."

"예를 들겠다. 만약 태어날 때부터 장님이었던 사람이 있다 치자. 이 사람이 상속받은 재산이 많다하여 네놈 앞에 와서 재물자랑을 한다면 너는 어떤 심정이겠느냐?"

"가련하다 여길 것입니다."

이는 물어보고 자시고할 것도 없는 대답일 거였다.

"그렇다. 장님은 자기가 최고 부자라며 자랑을 하여도 두 눈이 멀쩡한 너는 비록 재물이 없을지라도 그자가 가엾고 불쌍해 보일 것이니라. 어디 재물뿐이겠느냐. 이 장님이 자랑하고 싶은 마음에 온갖 수식과 미사여구를 다 동원하여 이 세상의 아름다움을 시로 표현하였다 치자. 비록 재능이 없어 시문은 짓지 못하지만 밝은 두 눈으로 이 세상을 온전히 바라보고 있는 네놈이 장님의 시를 대한다면 어떤 생각이 들겠느냐?"

"이럴 때 우러나오는 마음을 자비심이라 하는지요?"

"그러하다. 눈 뜬 사람은 멀리서 보아도 장님을 바로 안다. 등을 보이고 걸어도 장님인지 아닌지 바로 아느니라. 깨달은 사람도 이와 같이 무명을 바로 알아본다. 그러니 장님들끼리는 재물이며 권력이며 지식을 자랑하면 부러워할 터이지만, 눈 뜬 사람들의 관심은 다르니라. 단 하루를 살다 가더라도 장님이 눈을 떠 훤한 세상에서 살다 가기를 바라느니라."

"무슨 뜻인지 잘 알겠습니다. 일전의 약속대로 의심 덩어리를 박살내고 꼭 거울을 보도록 하겠습니다!"

"알아들었으면 되었다."

대박사는 잠시 여백을 둔 후 새삼 앞에 앉은 나를 불렀다.

"석우야!"

천근같은 무게가 느껴지는 부르심이었다. 좀 전 바깥에서 들었던 그 부름의 음성보다 깊고 무거웠다. 나는 정신을 가다듬었다.

"예!"

"지금부터 하는 말은 잘 기억해야 하느니!"

"명심하겠습니다."

대박사는 대답하는 나의 표정을 살피더니 말을 이었다.

"이제 날이 밝으면, 이 황룡사에서 나는 없을 것이야. 그러면 사람들이 너를 붙잡고 나의 행방을 물어볼 수밖에 없지 않겠느냐?"

이게 무슨 말인가? 나는 깜짝 놀라며 이 대목에서 말허리를 잘랐다.

"내일 아침이면 법회가 열리고, 서라벌이 온통 잔치판으로 바뀌는데 이 자리에 주인공이신 대박사님이 빠지신단 말씀인가요?"

"이놈아! 그러니 너를 불러 한마디 해 두려는 참인데 왜 이리 호들갑이냐?"

이건 뭔가 느낌이 달랐다. 충격이었다. 내일이 어디 보통의 내일이던가. 주변 온 세계를 통 털어 전에도 이보다 더 높은 불탑이 없었고 앞으로도 없을 것이었다. 사람의 힘으로는 도저히 구름이 머물다 가는 까마득한 높이의 이런 탑은 세우지 못할 거라고 세상 사람들이 확신하고 있지 아니한가. 3년여, 수많은 장인들의 피땀으로 지어 올린 저 웅대하고 빼어난 불탑의 준공식이 바로 내일인데 대박사님이 빠진다는 건 말이 되지 않았다.

나는 머리에서 터지는 이런 말을 조목조목 하려다 주춤 들렸던 엉덩이를 슬그머니 바닥에 내리고 말았다.

"예. 알겠습니다."

"그러니 네놈은 잘 듣고 기억해 두었다가, 자장율사며 용춘공이 묻거든 그대로 대답해 주어야 하느니라!"

"알겠습니다."

나의 가슴은 뛰었다. 대박사님이 이윽고 머금고 있던 한마디를 내 뱉었다.

"할 일은 다 마쳤으니, 이제 인연 따라 떠납니다!"

아니, 이 또한 무슨 말씀이신가? 나는 좀 전만해도 대박사님이 겸손이거나 하심으로 행사의 전면에 모습을 드러낼 의사가 없다는 뜻으로 받아들였다. 이건 아니었다. 이로써 끝이 났으니 완전히 사라져 버린다는 선언이었다.

내가 치고 들었다.

"대박사님. 이건, 짧은 소견으로도 황당합니다. 내일이면 이제 그동안의 수고에 대해 치하 받습니다. 박사님들이 모두 기다리고 기다리던 날인데 어찌 이리 하십니까? 준공 잔치가 눈 앞에 있으니 내일이 지나고 결정해도 떠나는 건 늦지 않으시리라 생각됩니다!"

"이놈! 내가 한 말은 기억해 두었느냐?"

나의 말에는 대꾸도 없이 대박사는 이윽한 눈길로 물었다.

"예."

"그대로 읊어 보아라!"

"할 일은 다 마쳤으니, 이제 인연 따라 떠납니다!"

"됐다. 그 말을 꾸미거나 한마디도 보태지 말고 묻는 사람에게 그대로 전하여라!"

"대박사님!"

이건 이별이었다. 왈칵 눈물이 앞을 가렸다. 대박사는 생각을 그대로 행동에 옮기는 인물이었다. 이제 헤어져야한다는 사실이 전제되자 지난 3년여의 일들이 뒤엉기며 뇌리를 스쳤다.

"됐다. 이제 나가보아라!"

"대박사님!"

목이 메여 다른 말은 입에서 뱉어지지도 않았다.

"저 장님들이나 하는 짓을 또 하려 드느냐!"

"예?"

그제야 대번 알아듣고 꾸벅 절을 하는데 눈물이 떨어졌다. 무명이라 어쩔 수 없었다. 나는 소매 끝으로 방바닥에 떨어진 눈물을 훔치며 고개를 들었다.

거기, 문득 대박사는 없었다. 내가 수년간 시중들었던 사람은 있지도 않았다. 가부좌를 틀고 있던 자리에 장년의 스님 한 분이 앉아 계셨다. 아니었다. 황룡사 금당에 계시던 장륙존불이 이불 위에 떠억 앉아서 나를 내려다보고 있었다.

"사내놈이 뭐 이리 꾸물대느냐?"

버럭 내지르는 대박사의 음성에 나는 뒤를 제대로 돌아보지도 못한 채 황망히 물러 나왔다. 눈물범벅이었다.

1부
백제 편

그때 내가 물었다.

"탑이 무엇입니까?"

불탑 대박사가 답하였다.

"사람이니라!"

"그러면 탑이 곧 부처입니까?"

"아니다. 탑은 탑이고 부처는 부처이니라!"

제1층
사람이 부처다 1

1.

대박사와의 첫 만남은 백제에서였다. 그 무렵 백제 땅 금마 저에는 미륵사의 창건 불사가 마무리 단계로 접어들던 시기였 다.

나는 신라의 병사였다. 국경인 덕유산 자락에서 백제군의 포로로 잡혀 금마저로 끌려왔다. 여러 동료들과 함께였다. 포 로들은 전쟁터로 나간 백제 장정들의 일자리에 대신 투입되었 다.

미륵사의 노무 현장에 투입된 나는 참으로 다행이라 여겼 다. 사찰 경내이니 시간이 나는 대로 미륵불을 향해 절을 할 수 있지 아니한가. 포로들은 법당에 드나들지 못하였다. 그래도 지극정성이 어디 따로 있던가. 나는 매일이다시피 하루에도 몇 번이 되었건 틈이 나는 대로 무릎을 꿇고 절을 올렸다. 늙으신 고향의 부모님과 어여쁜 옆집 끝분이와 내 스스로의 무사귀환을 위하여 절을 하고 또 하였다.

그날도 나는 법당 바깥의 계단 밑에 엎드려 절을 하고 있었다. 미륵사는 법당이 세 채였다. 미륵 삼존불을 모셨는데 각 건물에 미륵불 각 한 위씩 안치하였으니 가운데 법당이 있고 그 양편, 동쪽 채와 서쪽 채가 있었다. 나는 가운데 법당 앞이었다.

"거기서 무엇을 하는고?"

하던 절을 멈추고 나는 시선을 들었다. 대박사였다. 뜨끔하였다. 먼발치에서 몇 번 본적은 있었지만 가까이 마주 하기는 처음이었다. 미륵사 불사의 총괄 책임자가 아니던가. 함부로 마주 보다간 경비병의 채찍이 등짝에 날아온다. 대박사는 내 바로 옆, 법당에 오르는 돌계단에서 나를 내려다보고 있었다.

"절을 합니다."

하나마나한 나의 대답에 또 물었다.

"절은 왜 하는고?"

"신라에 계신 부모님 걱정이 앞섭니다."

내가 무심코 속내를 드러냈다.

"그렇다면 도망칠 궁리를 해야지!"

"잡히면 죽는데 어찌 그런 말씀을 하십니까?"

내 말이 미처 땅바닥에 떨어지기도 전이었다.

"이놈아. 욕망이 곧 너를 자유롭게 할 것이야!"

이 한마디를 버럭 내던지고는 활활 계단을 걸어 올라가버렸다.

2.

사람과 사람 사이의 인연은 때때로 당사자도 모르게 찾아온다. 그렇게 조우한 인연은 일생을 동아줄로 엮듯 단단히 동여매기도 한다. 인연이 어떤 끈을 부여잡고 다가와 눈앞에 그 정체를 드러내는지 나는 알지 못했다. 다만 대박사가 던지고 간 마지막 한마디 말이 귓가에 쟁쟁하였을 뿐.

그랬다. 포로는 노예였다. 법당 앞 맨 땅바닥에 엎드려 매일 절을 하고 예배를 드린다고 해서 풀려날 신분이 아니었다. 병들어 쇠약해져도 사찰 노역장을 벗어나지 못하고 죽어야 하는 신세가 포로였다. 그러니 기력이 있을 때 하루라도 빨리 도망쳐야하는 게 현명한 선택일 지도 몰랐다. 이깟 노예의 목숨이야 이래 죽으나 저래 죽으나 그놈이 그놈일 거였다.

그날이 대박사와 말을 섞은 첫 대면이었다. 겨울이 가고 봄 기운이 감돈지 여러 날이었다. 진달래가 흐드러지고 미륵사 경내의 수목에 새싹들이 한창 움을 틔울 때였고, 무왕의 아들 해동증자가 왕위에 오른 지 3년째 접어들던 해였다.

그렇다. 벌써 천 년이 훌쩍 넘은 일이다. 그 당시 나는 열일 곱 살을 먹어가고 있었다.

그 전해인 열여섯 살에 나는 목수였던 늙은 부친을 대신해 병역에 자원입대 하였다. 왕위에 오른 해동증자 즉, 의자왕은 즉위 초기에 국경의 기강을 잡으려 분쟁 지역인 신라의 미후성 을 포함하여 40여 성을 함락시키며 기세가 등등 할 때 나는 덕 유산 밑의 거야성으로 배치되었다.

내 보직은 기수였다. 깃발을 든 병사에게는 따로 무기가 지 급되지 않았다. 숨이 끊어질 지라도 부대 깃발을 땅에 내동댕 이쳤다가는 군령으로 처벌 받는 게 기수였다.

생포되던 날 아침. 50명으로 구성된 백성시찰부대가 거야성 을 나왔다. 거야성은 덕유산 밑이다. 고작 2백여 명의 병사가 주둔하며 변방에 자주 출몰하는 산적 토벌이 주 임무인 작은 기지였다. 그날 우리 부대의 출동은 두어 달 사이 해동증자가 인근을 휩쓸고 지나가버린 터라 흉흉해진 민심을 눌러 잡기 위해서였다.

부대 지휘관인 당주와 부당주는 선두에서 말을 탔고 나머지는 모두 보병이었다. 그 중 허장성세를 펼치려 부대 깃발을 치켜든 기수가 무려 30명이었고 창검을 지닌 전투병은 고작 몇 명에 불과하였다.

아침에 성을 나선 우리부대는 불과 20리도 행진하지 못하고 본국으로 귀환하던 백제의 별동부대와 맞닥뜨렸다.

"후퇴! 후퇴하라, 후퇴하라!"

말을 탄 당주는 적군과 시선을 직접 마주하기도 전에 비명 같은 고함을 지르며 달아났고 부당주도 말머리를 돌리기 바쁘게 박차를 가하였다. 단출한 차림의 전투병들도 마찬가지였다. 적군이 먼 산굽이를 돌아 나오느라 미처 군세를 다 드러내기도 전에 밭둑과 개울을 가로지르며 줄행랑을 쳤다.

기수들은 사정이 달랐다. 깃대 길이만 해도 7척이었다. 거기에 매단 깃발의 무게며 기폭 또한 만만치 않았다. 이리저리 걸리는 긴 깃대에 깃발마저 펄럭거리니 들고 뛸 재간이 없었다. 그렇다고 부대 깃발을 내던지고 달아났다가는 살아도 사는 목숨이 아니었다. 우리들은 우왕좌왕 하던 중에 백제 기마병들에게 포위당하였다.

"항복 혀, 잉?"

우리들은 그 소리에 너도나도 깃발을 내던지고 두 손을 들었다. 무기를 지니지 않았으니 죽이지도 않았다. 결국 기수들은 포로가 되었다. 대게 노인이거나 소년병들이었다. 우리는 그날로 육십령을 넘어 백제영토 깊숙한 지역으로 끌려갔다. 모든 포로가 한 곳으로 끌려간 건 아니었다. 그 중에서 나와 몇 명은 미륵산 밑의 금마저에서 갈라져 사찰의 노역장으로 오게 되었다.

3.

벌써 천년 하고도 또 수백 년이 훌쩍 넘은 일인지라 기억이 아물아물 하다. 나는 비교적 또렷한 사실들만 한 토막씩 간략히 쓸 예정이다. 은인이자 스승이신 대박사가 말투나 문장을 꾸미는 짓은 허망하며 그것이 또한 번뇌와 망상이라고 하였다. 그러나 세상 잣대로 천년이 넘은 기억이라 빤하잖은가?

하지만 진실의 입장에서 말하면 나는 그 이후 단 한 살도 나이를 먹은 적이 없다. 누가 이 말을 믿겠는가. 예를 들면, 저 무한대의 창공이 어디 나이를 먹는가?

다만 세속의 그 많은 세월이 흐르는 동안 온갖 잡다한 기억들이 이리저리 뒤엉겨 뒤죽박죽이다. 거기다 한 번 몸을 바꾸었던 전생의 기억이라, 간밤에 꾼 꿈처럼 끊겼다 이어졌다 한다. 그러니 나는 문장을 꾸미거나 거짓말을 하지 아니하고 최선을 다해 기억을 되살리려 노력하겠지만, 미흡한 여백은 현대의 여러 독자 분들이 참고해 주시기 바란다.

당시나 지금이나 열일곱 살이면 알 것은 다 안다고 생각하는 나이다. 신라에서는 열세 살이면 왕위에 오를 수도 있었다. 열다섯이면 화랑의 우두머리인 풍월주도 되었으며, 장가를 들어 부인에 첩까지도 들이는 나이였다. 나는 열일곱 살이었다. 그러니 내 스스로 어디 한 점 모자랄 것 없는 청춘이라고 자만하던 때였다.

아무튼.

4.

'이놈아, 욕망이 곧 너를 자유롭게 할 것이야!'

대박사가 던진 이 한마디는 내 가슴에 박혔다. 이 말을 좀 더 당시의 느낌으로 표현하자면 '자유롭게' 보다, '해탈케'가 맞을 것이다. 불국에는 불국인들 끼리 소통하는 언어가 있기 마련이지 아니한가. '자유'라는 말은 근세에 와서야 쓰이기 시작한 말이다.

백제와 신라는 서로가 불국, 즉 부처의 나라라고 경쟁하던 시기였다. 하여 무왕은 스스로 미륵이라 칭하며 금마저에 국책사업으로 미륵사를 창건하느라 국력을 쏟아붓다가 죽었고 뒤를 이은 초기의 해동증자도 이와 다를 바 없었다.

신라 역시 여제인 선덕 스스로 부처임을 자처하였다. 그도 그럴 것이 자신의 부친인 진평왕의 이름이 백정이며 어머니는 마야부인이었다. 거기다 선덕의 숙부이자 진평왕의 동생들 이름 또한 백반과 국반이었는데, 이런 이름은 저 서역의 부처님인 석가모니의 부모와 그 가족들의 이름이다. 하므로 여제 선덕은 스스로 부처의 현신인 셈이었다.

—욕망이 곧 너를 해탈케 할 것이야!—

내 가슴에 박힌 한마디는 결국 이 말이었다. 불국의 백성들이 사용하는 언어로도 썩 어울리는 용어이다.

'도대체 이게 무슨 뜻인가?'

욕망이라고 하는 것은 모든 번뇌와 망상의 뿌리가 아니던가. 그런데 이 욕망이 나를 해탈케 한다니, 이 무슨 해괴한 소리인가. 저 불탑 대박사라는 인간이 낮술이라도 퍼 마신 것인가?

다시 노역에 동원되어 일을 하던 그날 내내 나는 이 한마디 말에 사로잡혀 있었다. 잠도 오지 않았다. 새벽녘에야 결국 이 말의 본뜻을 해득하게 되었다. 물어볼 것도 없었다. 이건 당장 도망치라는 다그침이었다.

5.

멀리서나마 대박사를 처음 본 날은 내가 이곳 미륵사에 온 첫날이었다. 들판이나 다름없는 황량한 벌판에 지어올린 미륵사는 그 규모에 입이 쩍 벌어질 판이었다. 그때까지 나는 신라의 왕궁을 본 적이 없었다. 열여섯 해를 살면서 이렇듯 크고 높은 여러 채의 기와집과 이렇듯 높고 웅장한 불탑을 봤던 적도 없었다.

동료 여섯 명과 함께 허리에 허리가 굴비두름처럼 주렁주렁 엮인 채 낯선 문화 낯선 땅 미륵사에 도착했을 무렵, 대가람의 본당 앞 정면에는 웅장한 목탑 한 기가 이미 서 있었다. 그 양쪽의 동쪽 법당과 서쪽 법당 앞에는 각기 석탑을 또 지어 올리느라 흙더미가 산을 이루고 있었는데, 서쪽 현장의 흙산 비탈에서 사람들이 구령을 함께 외치며 바글바글 줄을 잡아당기느라 용을 쓰고 있었다.

끌려갔던 우리 포로들도 누런색 조끼를 하나씩 받아 입고는 이내 현장에 투입되었다. 흙산 비탈로 끌어당겨 올리는 것은 석탑의 몸체가 될 석재였다. 정 질로 잘 다듬어진 엄청난 크기의 돌을 밀고 당기며 힘쓰는 사람들이 모두 누런색 조끼만을 입은 건 아니었다. 백제의 백성들이 평범하게 걸치던 복장도 여럿이었다. 그 중에서도 승복 비슷한 차림을 한 반백의 장년 사내가 눈에 띄었다. 그는 흙산 밑에서 꼭대기의 다른 사람을 향해 소리를 지르며 이리저리 손가락 지시를 하였다.

"아녀! 더, 더! 옆으로, 옆으로!"

뒷날 알게 되었지만 이 사람이 불탑 대박사였다.

대박사의 이름은 아비阿非였다. 뒷날 신라에 가서 선덕여왕으로부터 극존칭의 의미로 작위와 같은 지知를 하사 받고 아비지阿非知가 되었다. 그리고 백제 왕실에서는 각 분야의 뛰어난 장인에게 '박사'라는 작위를 주었는데 박사들 중에서도 공과가 특출하게 뛰어난 인물에게는 품계를 한 단계 더 올려 '대박사'라 하였다.

아비지는 사찰 불탑 분야의 대박사였다. 나는 앞으로의 서술에서 아비지를 지칭할 때 주로 '대박사'라 호칭할 것이나 뒤에 '아비지'로 표현할지라도 오해 없으시기 바란다.

아무튼.

처음 딱 대하였을 때, 대박사로부터 느껴지는 인상은 스님이었다. 그러나 두 번째 다시 보면 마을의 평범한 옆집 아저씨였다. 하지만 세 번째 자세히 관찰하면 도인이 따로 없었다. 보통 사람과 아주 다른, 해탈한 도인이었다.

시간이 흐르면서 느껴진 대박사의 인상에는 그야말로 중도 속도 아닌, 그런 어중간 하고 약간은 혼란스러운 구석이 있었다. 반백의 머리는 삭발할 때가 조금 지난 스님처럼 짧았다. 복장은 스님들의 작업복 같은 평상복에 검고 두터운 긴 삼베 조끼 같은 겉옷을 걸치고 다녔는데 시선이라도 스치면 금빛과도 같은 깊은 섬광이 번득였다.

법당 계단 밑에서 대박사의 한마디 말에 꽂혀버린 나는 숙소로 들어가서도 잠을 이루지 못하였다. 숙소라고 해봐야 감옥과 다를 바 없었다. 사찰 경내 바깥에 경비병들이 지키는 컴컴한 돼지우리 같은 게 포로들의 숙소였다. 우리 포로들끼리는 '돼지우리'로 통했다. 밤이 깊어 동료들의 코고는 소리를 들으면서도 속으로는 그 말을 되짚었다.

'욕망이 곧 너를 해탈케 하리라!'

대박사가 어디 흔해빠진 보통 인물이던가. 미륵사의 불사를 총 책임진 권위자가 노예보다 더 천한 포로병한테 말을 걸었던 거였다. 이것은 행운이고 부처님의 가피였다. 분명 내 앞에는 보이지 아니하는 길 하나가 펼쳐진 거였다. 그러나 나는 그 길을 찾지 못하고 밤새 뒤척이며 헤매이다가 새벽녘이 되어서야 탈출을 결심하기에 이르렀다.

신라 땅 거야성에서 백제 땅 금마저로 끌려 걸어오던 그 길이 밤새 눈에 선하였고, 되돌아 갈 길도 눈에 선하게 펼쳐졌기 때문이었다. 거기다 옆집 끝분이의 맑은 눈망울이 또한 밤새 아련하였다.

욕망이라는 말은 곧 눈에 선하게 펼쳐지는 그 길을 향해 목숨을 걸어 뛰어드는 용기였고, 해탈이라 함은 발목에 묶였던 포로라는 사슬이 끊어졌다는 뜻이었다.

6.

다음 날. 탈출을 시도하던 나는 사찰 경내를 다 벗어나지도 못하고 붙잡혔다.

그 무렵 불사는 완공단계로 접어들고 있었다. 본당 앞 정면의 목탑은 내가 알기도 전 진작 완성이 되었다. 그 양쪽으로 건립하던 9층의 수려한 석탑 두 기는 무거운 석재 쌓기가 끝나가면서 로반 박사들이 동원되어 꼭대기 찰주 작업을 준비 하는 단계였고, 다른 한편에서는 백제인 담장 장인들과 포로인 신라 노예들의 대부분이 이제 담장을 쌓는 불사에 투입되고 있었다.

미륵사는 백제 왕실과 귀족들의 기도도량 처였으므로 백성들의 출입을 통제하고 또한 들판과 산짐승으로부터 놀라는 일이 없도록 하려고 담장을 넓고 수려하게 쌓았다.

이 담장 불사에는 근처 백성들의 우마차가 모두 동원되다시피 하였다. 기와며 잡석이며 담장 쌓는데 소요되는 많은 양의 자재를 외부로부터 종일 실어 날라야 하였다.

나는 짐을 부리고 나가는 담장불사의 빈 마차를 노렸다. 기와를 싣고 드나드는 마차는 충격 방지용으로 깔거나 덮었던 거적을 그대로 대충 던져 싣고 다녔다. 나는 그런 허술한 시간의 틈을 노렸다. 석탑과 담장으로 분산되는 경비병들의 무딘 시선은 진작 간파하고 있었다.

드나드는 우마차가 복잡하게 겹치는 아침나절이었다. 뒤가 마려운 척하며 나는 일터에서 빠져나와 빈 마차의 거적 속에 가뿐히 몸을 숨겼다. 여기만 몰래 벗어나면 끝이었다. 가슴이 뛰었다. 그까짓 신라 거야성으로 가는 이삼일 정도는 굶고 걸어도 까딱없을 거였다. 손에 몽둥이 하나면 산짐승도 무서울 바가 아니었다. 거기다 부처님의 가피도 함께할 터이지 아니한가.

하지만 나의 희망은 거기까지였다. 용기도 거기까지였다. 마차가 출발하고 미처 경내 밖을 다 벗어나지도 못하였는데 경비병 서넛이 고함을 지르며 따라붙었던 거였다.

"야, 이 새끼! 뒤지고 싶으면 니 혼자 뒤져 잉?"

잠깐이었다. 욕망이 절망으로 닥치는 순간, 나는 마차에서 끌어내려지면서부터 정신없이 얻어터졌다.

7.

만신창이 몸이 된 나는 피 곤죽이 된 채 돼지우리 안에 묶여 있었다. 그것도 따로 격리된 독방이었다. 첫날, 도망치려던 나를 따라와 붙잡았던 경비병 넷은 그 길바닥에서 바로 사람을 잡았다. 누구라 할 것 없이 모두 흥분한 채 숨을 몰아쉬며 때렸다. 주먹질 발길질, 닥치는 대로였다. 얼굴이며 몸통이며 가리는 부위도 없었다.

내가 정신 줄을 놓자 각자 나의 사지 하나씩을 쥐어 들곤 돼지우리로 와서 안으로 던져 버렸다.

낮에는 포로들이 숙소에 없었다. 문을 잠그고 갔던 경비병들은 저녁 요기를 마치고 다시 왔다. 포로들을 몰고서였다. 포로들 역시 현장에서 저녁으로 주먹밥 한 덩어리씩 받아먹고 나서 경비병들의 감시를 받으며 숙소로 들어와야 일과를 마쳤다.

"오매, 이 새끼, 안 뒈졌구만 잉."

숙소바닥에 널브러진 나를 보고 경비병 중의 하나가 내뱉었다. 그 자는 낮에 나를 잡아들인 경비 조원이 아니었다. 경비병의 우두머리인 십장이었다. 십장은 조원들에게 끌어내라는 손짓을 까딱하였다.

신호를 본 그쪽 조의 경비병들이 이미 약속이나 한 듯이 내가 있던 방 안으로 우르르 들어와 늘어져 있던 나를 억지로 일으켜 세워 감옥 속의 감옥이라 불리던 돼지우리 한쪽의 독방으로 우겨 넣었다.

"다른 새끼들 하고 모의했제, 잉?"

다른 방의 포로들이 다 들을 수 있도록 십장이 목에 힘을 주고 크게 물었다. 포로들이 한 때는 백 명도 넘었다지만 어딘가의 성벽보수 공사장으로 차출 당하고 불사 끝 무렵인 그 즈음에는 어리거나 늙은이 스무 명 남짓 남아 있었다.

"아니오."

옴짝달싹 못할 입장이어서 나는 이런 뜻만 밝혔을 뿐이었다.

"이 새끼가 이거!"

"겁 대가리가 없구만이라!"

경비병들은 기다렸다는 듯이 다시 짓이겨대기 시작했다. 앞으로 탈출은 엄두도 내지 못하도록 나머지 포로들에게 겁을 주어놓자는 계산도 깔린 폭행이었다. 숙소의 방과 방 사이의 벽이란 건 성글게 박아놓은 통나무 세로 막대 몇 개가 전부였으므로 온 사방이 트여 훤하게 다 보였다.

포로가 항거를 하거나 탈출을 시도하다 잡히면 채찍으로 체벌을 한다고 들어서 알고 있었다. 그리하여 숙소 안에 채찍질을 당하는 독방도 마련된 것이다. 내가 이곳에 온 후 아직 그런 불상사는 일어난 적이 없었다. 그런데 막상, 이것은 체벌이 아니라 폭행이었다. 감정을 앞세운 주먹질과 발차기의 난무였다.

그동안 경비병들이 포로들에게 그다지 악독하게 굴지는 아니하였다. 이곳이 사찰의 불사 현장이고 스님들의 입김도 작용하였을 터이므로 관계가 부드러운 편이었다. 그래서 쉴 참이나 쉬어야할 틈이 생길 때마다 나는 법당 계단 밑으로 가서 땅바닥에서나마 엎드려 절을 할 수도 있었던 거였다.

"누가 시킨 겨?"

나는 입을 벌릴 힘도 없었다. 눈두덩도 부어올라 시야를 가렸다. 소통도 아니 될 말에 대답이 무슨 소용이랴.

"아주, 죽을라고 환장했구만 잉?"

"어디 한번 죽어보더라고."

때리고 걷어차다가 숨이 가빠지면 그들은 잠시 쉬면서 말 같지도 아니한 질문을 던졌다. 그러다 이내 다시 사람을 잡았다. 이윽고 내가 두 번째 혼절을 하고서야 매질은 중단되었다.

다음날 아침이 되자 그들이 확인을 나왔다.

"목숨은 질기다더니, 틀린 말 아니여."

"그라면, 여기 서서 좀 쉬고 있더라고, 잉."

모두들 현장으로 가야하는 시간이었다. 경비병들은 나를 일으켜 세우며 지껄였다. 그들은 키 높이에 채찍질용으로 설치되어 있던 굵은 통나무 가로 막대에다가 나의 두 팔을 들어 올려 가죽 끈으로 칭칭 묶었다. 아마도 지난 밤 내가 일찍 혼절하지 않았다면 필시 여기, 이런 자세로 묶여 등짝에 채찍질까지 당하였을 거였다.

"딴 짓 하지마, 잉?"

약간의 부산스러움을 남기고 포로며 경비병들이 모두 떠나버렸다. 온 몸이 피멍으로 곤죽이었지만 나는 눕거나 앉지도 못한 채 두 팔을 벌리고 서서 혼자 돼지우리에 갇혀있었다.

8.

늙은 아버지 대신 자원입대를 하면서 나는 죽음을 각오하였다. 아마 모든 병사들이 그러하였으리라. 그때 나는 열여섯 살이었다. 죽음이 무엇인지 진지한 경험도 해보기 전이었다. 전장으로 나와 백제군의 별동대한테 포로로 잡힐 때도 그다지 두려운 느낌이 아니었다. 그저 병정놀이의 한 부분 같았다.

온 몸이 피멍인 채 채찍질 대에 매달려 있자 비로소 눈물이 났다. 모두들 나가고 적막한 돼지우리에 혼자만 덩그러니 남게 되자 온갖 잡념이 머리를 들쑤시고 일어났다. 이게 끝인 것 같았다. 내게 내일이란 없어보였다. 앞은 캄캄한 벼랑이었다. 공포가 엄습했다. 죽음이란 문득 이렇게 다가오는가 보았다.

흐르는 눈물 속에 어머니가 나타나고 아버지가 나타났다. 참으로 그리운 얼굴이었다. 이제 다시는 못 볼 것 같아 또 눈물이 흘렀다. 나에게는 사내 동생이 하나 있는데 그 녀석보다 끝분이가 더 크게, 더 먼저 생각났다. 단 둘뿐인 형제인데, 그게 미안해서 또 눈물이 앞을 가렸다.

'그렇다면 도망칠 궁리를 해야지!'

'잡히면 죽는데 어찌 그런 말씀을 하십니까?'

'이놈아! 욕망이 곧 너를 자유롭게 할 것이야!'

대박사와 오고갔던 짧은 말도 되뇌어졌다. 그러자 어쩌면 내가 이 꼴로 매달리게 된 것은 순전히 대박사의 부추김 탓이라는 생각도 들었다. 절을 하느니 도망칠 궁리나 하라는 식으로 바람을 넣고는, 용기 있는 자가 자유를 누리게 된다며 탈출을 재촉하였다. 대박사가 어디 보통 인물인가. 비범한 사람의 말 속에는 항상 비범함이 담겨지는 법이잖은가. 그리하여 나는 탈출을 감행하였고, 결국 이 꼴이 되었다.

죽음이 앞을 막아서자 이런 핑계가 생겼다. 그러다 이내 또 다른 생각이 치고 들었다.

'비겁한 새끼. 왜 대박사님을 걸고 넘어져? 탈출 계획은 진작 세워 둔 거잖아. 기와 마차도 봐두고, 다급하면 산나물을 뜯어먹어도 된다며 때를 기다리고 있었잖아! 마음이 있는 곳에 생각이 따라가는 법이야. 물고 들어가지마!'

그뿐이 아니었다. 막상 죽음의 공포가 엄습하자 산다는 일이 참으로 알 수 없고, 참으로 가소로웠다. 겨우 열일곱 해 째를 살아가고 있지만 허망한 것이 살려는 발버둥이었다. 이렇게 왔다가, 이렇게 가는 게 목숨이라 싶었다.

팔을 벌리고 매달려서 이러한 생각을 할 때쯤이었다. 어느새 눈물은 말랐다. 죽음의 공포도 슬그머니 도망치고 없었다.

9.

저녁이 되면 경비병들이 주먹밥 한 덩어리를 들고 들어와서 나를 풀어 주었다. 그리고 아침이 되면 나를 일으켜 세워 채찍질 대에다 다시 두 팔을 벌려 묶어둔 채 포로들을 데리고 현장으로 가버렸다.

사흘이 지나가고 있었다. 나는 곡기 한 톨 물 한 모금도 먹거나 마시지 아니하였으므로 밑으로 나온 것도 내지를 것도 없었다. 멀리서 돌을 깨는 석수들의 망치질 소리가 여전히 들려오는 중에 조용하던 돼지우리에 인기척이 났다. 놀라웠다. 오, 대박사였다.

"이런, 이런! 배가 갈릴 멧돼지처럼 매달렸구만. 두 팔을 벌리고 서서 묶였으니 이런, 이래가지고서야 부처님께 절을 하지도 못하였겠네, 그래!"

옆에 경비병 하나와 경비 십장을 대동하고 돼지우리의 감옥 방 안으로 들어온 대박사는 나를 바라보며 짐짓 소란을 떨었다. 나는 퉁퉁 부어오른 눈두덩 사이로 다시 대박사를 확인하고는 안도했다. 왠지 죽지 아니하리라는 느낌이 왔다. 그러나 나는 별다른 대꾸를 하지 못하였다.

"이놈! 내 말이 들리기는 하느냐?"

그제야 내가 고개를 끄덕여 반응하였다.

"이렇게 묶였어도 부처님께 절을 하고 예배드리는 방법을 아느냐?"

마치 농담 같았다. 나는 왠지 실실 웃음이 나왔다.

"참선이 곧 기도이고 염불이니라!"

나는 또 실실 웃었다. 참으로 오랜만에 즐겨보는 웃음이었다. 나의 고향은 서라벌에서 멀지않았고 우리 마을에도 사찰이 있어서 아주 어려서부터 들은 풍월은 있었다. 참선은 참선이고 염불은 염불이지, 어찌 참선이 염불이란 말인가. 거기다 묶여서 매달리다시피 한 놈이 무슨 재주로 참선을 한단 말인가. 그러나 나는 대꾸하지 않았다. 말을 할 힘도 없었지만, 무엇보다 대박사라면 틀린 말은 하지 않을 성 싶기도 하였다.

문득 물어보고 싶은 말이 튀어 나왔다.

"욕망은 무엇입니까?"

겨우 삐어지는 나의 말이었다.

"탐욕이 곧 도이니라!"

내가 묻자 대박사는 '어. 이놈 보게'라는 표정을 지어보이면서도 머뭇거리지 않고 대답했다.

"탐욕을 어찌 도라 하십니까?"

"이놈아! 풀어줄 터이니 그런 건 저기, 9층 석탑한테나 가서 물어봐라!"

대박사는 달고 온 경비병 십장에게 고개 짓을 하였다. 그러자 십장 뒤편에 서있던 경비병이 손에 들고 있던 주먹밥과 물 사발을 냉큼 한 발자국 뒤에 내려놓더니 나에게로 다가섰다.

10.

'탐욕을 어찌 도라 하십니까?'

'그런 건 저기, 석탑한테나 가서 물어봐라!'

그 말소리 후 돼지우리에는 침묵이 흘렀다. 대박사는 경비병의 잽싼 손놀림에 잠시 시선을 던졌고 나의 뇌리에는 대박사의 말이 찬찬히 흐르고 있었다.

손목이 풀려난 나는 서 있지 못하였다. 쓰러지듯 바닥에 주저앉으며 벽기둥에 기대었다. 대박사가 다가와 마주 앉으며 내 얼굴을 이윽히 살폈다.

"그야말로 묵사발이 따로 없구나!"

대박사가 안타까운 듯 손으로 내 얼굴의 상처를 만지려들자 십장이 막았다.

"대박사님. 그만 다가가시오 잉. 이 눔들은 흉측하고 냄새가 진동한께, 바짝 가시면 안되어라우."

"됐네. 그대는 뒤로 물러나 있게."

대박사는 다가서는 십장을 밀어내고 경비병을 찾았다. 뒤에 멀뚱하게 서있던 경비병은 눈치를 차리고 물 사발과 주먹밥을 챙겨 내 앞으로 가져왔다.

경비병이 내려놓은 물 사발을 대박사가 집어 들더니 직접 나에게 권했다. 황송하였다. 나는 비로소 사발을 두 손으로 받쳐 받았고, 물을 마셨다. 나에게서 생기가 도는 듯하자 대박사가 천천히 입을 열었다

"탐욕에는 작은 탐욕과 큰 탐욕이 있느니라."

대박사는 이내 하던 말을 끊고 다시 나를 살폈다. 시선이 마주치자 섬광이 스쳤다. 깊은 곳으로부터 우러나오는 금빛이었다. 내가 듣고 있다는 뜻으로 엉망으로 부어 감긴 눈두덩을 짐짓 움직여보이자 이내 말을 이었다.

"작은 탐욕과 큰 탐욕은 본래 그 뿌리가 같지만, 작은 탐욕이라는 것은 부모를 잘 봉양하고 싶고, 포로의 신분에서 탈출하고 싶고, 화목한 가정을 꾸리고 싶어 하는, 그런 평범한 백성

들의 욕망이지. 설혹 대장군의 지위에 오르고 또는 제왕의 꿈이 이루어질지라도 그건 작은 탐욕에 불과하느니라.”

내가 저절로 터져 나오는 말을 참지 못했다.

“대장군이 되고, 왕이 되는 일을 어찌 작은 욕심이라 하십니까?”

대박사는 마치 기다렸던 질문이기라도 하였다는 듯 아무렇지도 않게 뒷말을 이어나갔다.

“그리 생각할 수도 있다. 그러나 그 역시 소박한 범부의 생각이다. 왜냐하면, 상대가 존재하는 탐욕이니까, 그러하다. 그러나 큰 탐욕은 마하라고 하느니라. 저 끝도 없고 상대도 없는 하늘이나 우주 같은 게 마하야. 큰 탐욕이라는 것은 이런 어마어마한 것을 얻으려는 욕망이니라. 대장부라면 한 번 도전해볼만한 탐욕이지. 어떤가?”

말을 마친 대박사는 나의 의중을 살피는 듯하였다.

어떤가? 어마어마하게 큰 것을 한번 욕심내보지 않겠느냐고 내게 묻는 거였다. 열일곱 살이면 알 것은 다 안다고 자부하였던 나였지만 듣고도 아리송한 것들이 아직도 너무 많았다. 박사의 말 중에 어려워서 못 알아들을 용어는 없었다. 그런데 나는 도무지 크다는 것의 정체를 알아차리지 못하였다. 마하라는 것의 정체이리라. 설마 실체도 없는 허공인 저 창공과 밤하늘의 반짝이는 별을 얻으려 탐욕을 부리라는 말은 아닐 거였다. 그랬다. 그게 파악되어야 도전을 하던지, 얻으려고 탐욕을 부리던지 결단을 내릴 게 아닌가.

왠지 먹먹하고 채워지지 아니하는 속을 달래려 마시다 남긴 물 사발을 다시 집어 드는데 좀 전의 말까지 켱겼다.

탐욕이 어찌 도냐고 물으니,

'석탑한테 가서 물어보라.'

하였다. 대체 이건 또 무슨 도깨비 방귀인가. 나는 당장 물을 마시다가 걸린 것 같은 목구멍의 이물질부터 해결해야 하였다.

다 비운 물 사발을 내리며 물었다.

"석탑은 무엇입니까?"

내 말이 바닥에 떨어지기도 전에 대박사가 답했다.

"돌덩이니라!"

그때 내가 물었다.

"석탑은 무엇입니까?"

"돌덩이니라!"

대박사의 대답이었다.

제2층
석탑은 돌덩어리다

1.

대박사는 역시 달랐다. 그날, 돼지우리를 다녀가고부터 나는 더 이상 매달려 있지 않았다. 얻어맞은 얼굴의 부기와 피멍으로 하여 노역장에는 나가지 못하였지만 혼자 돼지우리에서는 자유를 얻었다. 하루 두 번 내 몫의 먹이도 배달되어 왔다. 먹고 종일 뒹굴며 잠이나 자는 게 일이었던 한가로운 며칠이 지나갔다.

"나와!"

볕이 달아오른 한나절이었다. 여러 사람들의 인기척이 들리더니 경비병이 돼지우리로 들어와서 혼자 있던 나를 바깥으로 불러내었다. 숙소 바깥에는 모일만한 사람들은 모두 모여 줄을 지어 있었다. 포로며 경비병들이 아침저녁으로 이동할 때 줄을 짓던 그 대오 그대로였다.

'웬일인가?'

대낮에 이런 모습은 처음이었다. 나는 동료들 사이로 들어가 이동대오의 내 자리를 찾아 줄을 섰다.

"출발!"

포로의 대오가 선두의 경비병을 따라 이동했다. 숲길로 들어서더니 계곡을 향하였다. 멀지 않아 물이 넘치는 담소가 나타났다. 개울에 다다르자 십장이 대오의 행군을 정지시켰다.

"모두 옷을 벗는다!"

예상대로였다. 이건 목욕이었다. 백제로 잡혀 온 이후 처음 당하는 이변이었다. 포로들은 처지도 잊고 잠시 환호했다. 그동안 세수도 하지 못하였는데, 대체 이게 웬 떡이란 말인가.

아직 봄이라 개울물이 차가웠지만 그런 건 문제가 아니었다. 포로 교환은 기대하지도 않았다. 어쩌면 이러구러 노예로 살다가 죽으려니 하였는데 뜻밖의 목욕을 하게 되는 것이었다. 거기다 볕이 좋은 한나절이었다.

"돌쇠야. 니가 고생했데이?"

"니 덕에 광 한번 내본데이!"

동료들은 경비병들이 듣건 말건 내 주위로 모여 나를 치켜

세웠다. 내가 탈출을 시도한 건 필시 처우에 불만을 품고 저지른 일이라고 저들이 해석한다는 거였다. 아마도 탈출 사건은 진급을 노리는 십장 선에서 덮어버릴 것이며, 재발 방지를 위해 밥이며 옷이며 씻는 일이 앞으로 개선될 거라며 희망도 품었다.

모두들 처음으로 느끼는 느긋함 속에 목욕을 마쳤다. 내가 벗어둔 누더기 옷 앞으로 다가가자 부하를 대동한 십장이 나타났다.

"돌쇠야! 너는 이 옷 입어 잉?"

경비병이 들고 온 옷 한 벌을 내게 넘겼다. 사찰의 행자들이 입는 주황색의 옷이었다.

"그 옷 위에다 조끼는 입던 거 그대로 걸쳐 잉?"

잠시 하던 말을 중단하고 나를 훑어보던 십장이 얼굴을 쪼개며 다시 입을 열었다.

"피멍은 다 가라앉았네, 잉. 이제 멀쩡하고, 씻으니 훤한 게로, 낼 아침부터는 일을 나가보더라고. 아마, 대박사님한테 가야 할 것이여."

"예?"

이건 내가 다시 확인해야 될 대목이었다.

"긍게. 대박사님이, 시자가 필요하데여! 긍게로 돌쇠는 인쟈, 낼부터 반야전에서 대박사님의 일을 도와야 한다 그 말이여, 잉. 알아들었는가?"

2.

나의 신세는 풀렸다. 고진감래라 하였던가. 그게 또한 부처님의 가피일지도 모른다. 노예나 다름없는 포로병의 신분에서 나는 일약 대박사의 시자侍者가 되었다.

시자란 요즘 말로 하면 비서쯤이다. 미륵사 창건은 당시 백제에서 몇 년째 국력을 쏟아 붇다시피 하던 국책사업이었다. 이런 대불사의 총괄 책임자 비서가 되었으니 그야말로 흙탕물의 미꾸라지가 용으로 승천한 격이었다.

"이봐 돌쇠. 니가 자꾸 우리 쪽으로 눈길을 줘야 우리가 고생을 덜 한데이!"

"우리 목숨은 인쟈 니가 책임 지그래이!"

저녁에 돼지우리 숙소에 들어오면 동료 포로들이 나를 에워싸며 하소연 했다.

당시 나의 아명은 돌쇠였다. '쇠'란 철이 아니고 '소'였으므로, 즉 '돌소'라는 뜻의 이름이다. 우리 가문은 손이 귀하여 부모가 생산을 못하다가 오랜 불공 끝에 늦게 얻은 자식이 아들이어서 돌같이 단단하고 황소같이 듬직하며 부지런 하라는 의미로 돌쇠라 지었다. 문자 표기로는 석우石牛이다. 이 이름은 얼마 뒤에 대박사가 한문을 다시 석우釋牛로 바꾸었다. 즉 부처님 집안에서 황소의 직분을 다 하라는 뜻이라 하였다.

아무튼.

동료인 신라 포로들뿐만 아니었다. 백제 경비병들도 나와 친교를 맺으려 애썼다. 특히 경비대십장이 더욱 그랬다.

"우리가 그날 손 본 건 군율인 게 그랬던 겨. 나는 본시 선한 사람이여. 알껴. 돌쇠가 매일, 하루에도 몇 번씩 기도할 수 있었던 건 다 내가 참고 봐 주었기 때문이여! 긍게, 대박사께도 내 얘길 좀 잘 해 주더라고 잉?"

경비대 보직에서 벗어나 진급을 하고 싶어 하는 십장뿐만 아니라 백제 백성의 하급 장인들도 나를 통해 대박사와 연결하는 뒷다리를 놓으려 안달인 사람이 한 둘 아니었다.

대박사의 현장 사무실 격인 〈반야전〉은 법당 뒤편의 요사채였다. 그곳은 경비병들의 눈길이 닿지 아니하는 곳이다. 그러므로 아침저녁 숙소를 드나들 때만 포로들과 행동을 함께 할 뿐 나는 경내에서 독보가 되었다. 아무데건 마음대로 자유로이 혼자 나다닐 수 있는 자리였다. 거기다 식사도 바람벽 밑에서 나누어주는 주먹밥이 아니었다. 사찰 행자들의 자리에 섞여 사람처럼 먹었다.

3.

〈반야전〉이란 현장 사무소 격인 요사채 건물이었다. 내가 반야전으로 나갔던 첫날이었다. 감격한 나는 대박사를 은인이라 여겨 큰절로 예를 표하려 하였다. 그러자 대박사가 손사래로 말렸다.

"너는 이제 포로의 신분이 아니니라!"

농담 같지 않았다. 미소 깨문 표정이 진지하였다.

"대박사님. 저는 신라의 병사였고 아직 여기는 백제의 땅 금마저입니다. 이곳 미륵사의 불사현장에 노예로 끌려온 몸인데, 어찌 포로가 아니라 하십니까?"

"네놈은 부처이니라!"

"예에?"

이건 또 무슨 소린가. 내가 부처님이라니? 뜬금없는 말에 나는 어벙하게 대박사를 쳐다보려다 이내 고개를 조아렸다.

"네가 부처가 아니라면 어찌 이와 같이 내 앞에 서 있겠느냐?"

"어찌 저를 부처라 하십니까?"

"무릇, 사람을 일러 부처라 하느니라!"

나는 말문이 막혔다. 진지하게 고마움을 표시하려 하였으나 대박사의 뜻은 차원이 달랐다. 그렇다고 내가 입을 꾹 다물어 버릴 입장은 아니었다.

"저한테 이리 사람대접을 해주시니 참으로 고맙습니다."

"되었다. 다시 고맙다고 할 필요 없느니라. 전생의 인연이 깊었으니 이렇게 만났을 게 아니냐? 그러니 어깨 쭉 펴고 당당하게 살아라."

저절로 고개가 숙여졌다. 어깨 쭉 펴고 당당하게 살라는 말도 마음에 들었지만, 궁금하였던 말이 있어서 냉큼 물었다.

"전생이 과연 있습니까?"

"이놈아, 어제가 없는데 오늘이 있겠느냐? 어젯밤에 눈을 감고 잤으니 오늘 아침에 눈을 떴을 터이고 오늘 밤에 눈을 감고 자면 내일 아침이 기다리는 것이 세상이치니라."

"저도 그렇게 생각합니다만 주위의 사람들은 한 번 살다가 가면 그만이라고들 합니다. 이제 고작 십몇 년을 살아본 저로써는 이런 말을 어찌 받아들여야 하는지요?"

"어제와 내일이 없고 오로지 오늘 뿐이라는 견해는 어리석은 사람들의 단견이니라. 어디 어제와 내일 뿐이겠느냐. 네놈이 십몇 년 살아온 날만 해도 수천 번의 어제가 있었고 앞으로는 역시 수천 번 수만 번의 내일이 다가올 것이니라. 그러니 그 사이에 얼마나 많은 중생들과 인연을 맺었을 것이며 얼마나 많은 사연을 겪었고 또 앞으로도 그러하겠느냐?"

"듣고 보니 참으로 놀랍습니다."

"그리 알아들었다면 그게 다 너의 복이니라. 그러니 그렇게 셀 수도 없는 전생을 살면서 우리는 부자간이나 형제간으로 만났을 수도 있고 빚쟁이로 만났을 수도 있느니라. 당당하게 살아라. 금생에 당당한 모습이면 내생에 무엇으로 다시 오던 당당한 모습을 드러낼 것이니 곤궁에 처하더라도 함부로 입을 놀리지 말며 저자세를 취하지도 않아야할 것이니라."

"그렇다면 하심이라는 뜻은 저자세가 아닌지요?"

"하심이란 큰마음이니 저자세가 아니다. 송장, 즉 시체의 마음이 하심이니라!"

나는 여기서 다시 말문이 막혔다.

4.

미륵사의 서쪽 석탑 찰주는 그해 4월에 세웠다. 당시 세월의 잣대는 의당 음력뿐이었다. 동쪽 석탑의 로반 작업은 며칠 전 모두 끝났다.

찰주라 함은 탑의 중심을 잡아주고 상륜부를 장식하기 위해 세우는 쇠기둥을 말한다. 그러나 여기에서의 찰주는 상륜부 즉, 탑의 꼭대기 부분만을 의미한다. 이 찰주의 꼭대기는 불국 세계를 상징하느라 저마다의 의미를 지닌 보형물이 설치된다. 찰주의 맨 아랫단은 로반이라 한다. 로반이란, 이슬을 받는 그릇이라는 뜻이다. 로반 위에는 복발, 복발 위로는 앙화, 보개, 보륜, 수연, 용차, 순으로 올라가고 그 찰주 맨 꼭대기에 꿰어 앉히는 상징물이 보주다. 보주는 여의주라고도 불리는 둥그런 큰 구슬이다.

탑 꼭대기의 이런 마지막 장식 작업은 로반 박사의 소관이다. 현장에 로반 박사의 잦은 등장은 곧 석탑의 완공도 얼마 남지 않았음을 의미했다.

"그대는 포로인가 행자인가?"

나와의 첫 대면에서 로반 박사가 물었다. 복장은 행자인데 포로의 표시로 입는 누런색 조끼를 걸치고 있어서였다. 비쩍 말라 얼굴이 온통 뼈 치레인 로반 박사는 다리도 잘슴잘슴 절었다.

나는 로반 박사의 물음에 냉큼 대답을 못하고 얼굴만 붉혔다. 사태를 알아차린 대박사가 주저 없이 구원병으로 나섰다.

"함께 일할, 마당 보살일세!"

이 한마디에 로반 박사는 합장으로 마주 인사를 하였다.

5.

각 분야의 박사들은 저마다 조수를 대동하고 있었다. 로반 박사도 그랬다. 하지만 대박사에게는 조수가 없었다. 그것은 곧 각 분야의 박사들이 대박사의 분야별 조수이기도 하였기 때문이었다.

반야전에 나오고부터 나는 무장해제를 당한 기분이었다. 넋이 빠진 인간 같았다.

반야전은 박사급에 속하는 장인들이 드나들며 대박사와 의논을 하거나 차를 마시며 쉬는 별채였다. 두 칸짜리 방 하나와 미닫이 문 안쪽에 대박사가 숙소로 쓰는 방이 함께 딸린 요사였다.

아침에 잠깐 반야전 안팎의 청소를 하고나면 딱히 더 할 일이 없었다. 시자라고 해봐야 심부름꺼리가 자주 생기는 것도 아니었다. 그렇다고 법당을 향해 조아리며 예전처럼 절을 할 입장도 아니었다. 내가 스스로 부처라는 말을 듣고부터는 왠지 법당의 미륵부처님으로 향하던 간절함에 제동이 걸린 기분이었다. 거기다 고향의 부모님과 끝분이 생각을 하며 귀환의 꿈으로 빳빳했던 삶의 의지도 탈출사건 이후 한풀 꺾여버렸다.

며칠 후였다. 반야전 바닥에 앉아 졸고 있는데 현장을 둘러보러 나갔던 대박사가 들어왔다.

"할 일이 없으니 졸음만 옵니다."

왠지 민망하였지만, 내 입에서는 퉁명스런 어투가 튀어나왔다.

"할 일이 없을 때 차를 얻어오면 되느니라!"

"차를 얻어왔으면 무엇을 합니까?"

"그럼, 졸고 있으면 되느니라."

"졸고 있는 것도 한두 번이 아니면 또 무엇을 합니까?"

"조는 것도 일이니, 또 졸고 있으면 되느니라!"

그때까지 나는 대박사의 말을 이해하지 못하였다. 방바닥에 앉아 꾸벅꾸벅 조는 게 치욕이지 어찌 일이 될 수가 있겠는가. 어디 이뿐이랴. 나는 대박사의 말에 의심을 품었지만, 포로의 입장이기도 하고 또는 말문이 막혀버려 입을 닫아버렸던 적이 한두 번이 아니었다. 소가 들어도 웃을 그런 이상한 말들을 나는 잊지 않고 모두 속에 품고 있었다. 당당하며 입단속을 잘 하라고 하였다. 그건 맞는 말이었다. 하여 기회가 오면 터뜨려버리려고 참았다. 우선은 고마운 인연이고 내개는 행운이었다.

당시에는 사찰에 녹차가 없었다. 승려들이 공복에 목을 축이는 음료로는 느릅나무의 줄기며 뿌리 같은 것들을 달인 물이었다. 더더구나 개인 화덕도 없었으므로 공양간에서 행자들이 큰솥에 끓였다.

반야전 청소를 마치고나면 나는 빈 항아리를 들고나가 공양간에서 끓여둔 차를 한 단지 얻어오는 것이 아침의 일과였다. 그러고 나면 이어서 조는 게 또한 일과였던 셈이다. 피곤이 겹쳐 자리에 앉기만 하면 졸음이 쏟아졌다. 그러나 대박사로부터 졸고 있는 것이 일이라는 말을 듣고부터 정신이 번쩍 들었다.

며칠 후였다. 차를 마시며 대박사가 내게 한마디 던졌다.

"이제 조는 일은 하지 않느냐?"

"예. 잠은 쫓아버렸습니다."

"제법이구나."

"대박사님. 그럼, 조는 일을 하지 않을 때는 어떤 일을 해야 잘 하는 일입니까?"

대박사는 끄덕이며 잠시 나를 바라보았다. 대답에 뜸을 들이는 경우가 없었는데 처음이었다. 내 말이 땅에 떨어지기도 전에 답을 해주었던 게 그 간의 대박사 모습이었다.

"그렇다면, 해야 할 일이 많지."

이윽고 입을 열었다.

"무엇인지요?"

"그 중에서 우선 백제의 말을 많이 공부해 두어야 하느니라!"

"말이라 하시면?"

내게는 의외였다.

"일전에 네놈이 이 자리에서 그러하지 않았느냐. 신라에서는 밥을 좁쌀로 짓는데, 백제에서 이것을 서숙이라 하여 알아듣지 못했고, 신라에서는 제왕을 이사금이라 하는데 백제에서는 어라하라 하여 알아듣지 못하였다고. 어디 그 뿐이냐. 나라가 다르고 풍토가 다르니 말의 억양이 다르다. 또한 표현하는 말이 저마다 다르고 어투가 다 다르니 너와 내가 이렇게 마주보고 말을 한들 사실 서로 대충 짐작만할 뿐 온전히 다 못 알아듣는 게 사실 아니냐?"

"이건 참으로 그렇습니다."

"알아들었으면 되었다. 졸음을 쫓았거든 정신 번쩍 차려 이 공부를 우선 해두도록 하여라!"

"알겠습니다!"

뜻은 참으로 좋았다. 그리하여 대답은 명쾌하였지만 속으로는 이내 시무룩해졌다. 왠지 내가 백제 말을 배우는 것이 신라의 부모님과 옆집 끝분이로부터 멀어지는 일 같아서였다. 뒷날을 내다본 대박사의 본심은 알아차리지 못한 채……

6.

로반 박사와 그의 조수가 반야전에 왔을 때였다. 서쪽 탑 로반 작업도 거의 마쳐가고 있었다. 내가 차를 마시려는 로반 박사에게 말을 던졌다,

"제가 대박사님께 탐욕이 어찌 도냐고 따졌더니, 그런 건 저기 석탑한테나 가서 물어보라고 하였습니다. 로반 박사님. 그렇다면 석탑이 보살인가요?"

"이 녀석아! 숨도 못 쉬는 돌탑이 어찌 보살이겠느냐?"

로반 박사는 좀 모자라는 아이를 바라보는 표정이었다.

"그러면 석탑이 무엇입니까?"

"탑은 작품인 게야!"

"그러면 작품은 또 무엇입니까?"

"사람이 먹고 살아야하니, 식량과 바꾸려 만드는 물건을 일

러 제품이라고 해. 상품이라고도 하지. 그러나 작품은, 장인들이 자신의 넋이 스며들도록 혼신을 다해 다듬어 내는 영혼의 집이야!"

아는 바가 없으므로 나는 그 말을 들으며 끄덕여 주었다.

7.

같은 질문을 대박사께도 하였다.

"탐욕이 어찌 도냐고 다시 여쭈었을 때, 대박사님께서는 그딴 건 저기 석탑한테나 가서 물어보라 하였습니다. 그렇다면, 석탑이 보살입니까?"

"부처이니라!"

"어찌 그러합니까?"

"아무 하는 일이 없기 때문이니라!"

"그러면 보살과 부처는 무엇이 다릅니까?"

"보살은 이런저런 하는 일이 있느니라. 자비도 베풀고 중생구제도 하느라 바쁘다. 거기다 먹고 똥도 싸야한다. 그러나 부처는 눈도 없고, 귀도 없고, 코도 없고, 머리도 없고, 손도 없고, 다리도 없으니 스스로 할 수 있는 게 아무것도 없다. 그러니 제 밥조차 챙겨먹지 못 하는 물건이 부처이니라!"

"그런데 어찌 탑한테 물어보라 하였습니까?"

거기서 대박사는 버럭 내질렀다.

"이놈아, 부처이니까!"

그때 내가 대박사께 물었다.

"탑이 무엇입니까"

"색이니라!"

제3층
색은 색이 아니다

1.

뭐니 뭐니 해도 대박사는 나의 은인이다. 전생에 무슨 인연이 있어서 만나게 되었는지는 모른다. 그러나 훤히 알 수 있는 하나는 자비심의 발동이다.

포로들의 행색은 남루하다 못해 거지꼴이었다. 잡힐 때 입고 있던 신라병사복에 포로의 표시로 걸친 누런색 조끼는 누더기가 되어 너덜거렸다. 겨울이라고 달리 지급되는 방한복도 없었다. 백제의 경비 병사들이 입다가 벗은 하복을 얻어 신라 군복 속에 껴입을 수 있다면 다행이었다.

당시는 솜이 없던 시절이었다. 그러니 무명으로 짠 옷이나 이불이 없었다. 백성들은 칡넝쿨의 껍질을 벗겨 짠 갈포나 삼베로 옷을 지어 입었는데, 여름이면 홑옷, 겨울이면 겹옷 일 따름이었다.

신발 역시 잡힐 때 신었던 개가죽 군화는 진작 바닥이 닳았고, 맨발이 드러나 털럭거리면 나무껍질이나 지푸라기를 덧대어 동여 맨바닥을 가렸다. 하여 겨울이면 손발이 퉁퉁 붇고 얼어 터졌다. 목욕은 꿈도 꾸지 못했다. 돼지처럼 냄새가 역하여 백제인 일꾼들은 같이 일을 해도 가까이 하려 들지 않았다.

이런 포로에게 대박사가 먼저 말을 걸었던 것이다.

'무엇을 하고 있느냐?'
'절을 하고 있습니다.'

하나마나한 대답을 하던 그때, 나는 대박사의 그 물음이 자비라고 느꼈다. 아마도 여러 날 지켜보았을 터였다. 누더기를 걸치고 맨발이나 다름없는 포로가 땅바닥에 엎드리며 미륵부처님을 향해 절을 하고 또 하는 모습을 멀리서 보고 또 보았으리라는 느낌이 왔다.

'무엇을 하고 있느냐?'
우리간의 돼지처럼 역한 냄새가 날 터인데도 옆에 다가와 말을 걸었던 그 마음이 자비가 아니면 무엇이랴.

'절을 하고 있습니다.'

하나마나한 대답이었지만, 이로서 보이지 아니하여 알 수 없었던 인연이 더디어 눈과 귀에 드러나면서 끈으로 동여졌던 것이다.

2.

"이 녀석아, 너는 어찌 꼬치꼬치 캐물으려 드느냐! 나한테야 그렇다 쳐도, 너는 시자인데 대박사님께 그래서 쓰겠냐?"

로반 박사였다. 대박사님이 사비성에서 마차를 타고 온 달솔 일행과 회견을 하려 주지승의 방으로 간 후였다. 달솔의 일행에는 서라벌에서 온 신라의 승려들도 있어서 아주 중요한 방문 같았다. 하여 내가 속으로 반가워,

'신라 스님이 왜 왔을까요?'

하고 대박사님께 물어보았는데, 옆에서 들었던 로반 박사가 내게 그 일을 핀잔하는 거였다.

"조심하겠습니다."

"어디 한두 번이냐? 무엇이 그리 궁금할꼬. 시자 나부랭이 주제에, 그렇다면 그런 줄 알고 있으면 될 일이지!"

로반 박사는 나의 태도를 고쳐줄 요량인가 보았다.

"알겠습니다."

직설적인 성미의 로반 박사였다. 고개를 꾸벅 조아리는 것으로 길게 이어질지도 모를 훈계조의 잔소리에서 벗어났지만 나의 생각은 달랐다. 대박사님께는 궁금한 게 많았다. 말문이 콱 막혀버리지 않는 한 물어봐야 하는 말이 있는 것이었다.

그 한 예로,

'석탑이 무엇입니까?'

하고 물었을 때,

'돌덩이니라!'

라고 답한 적이 있었다.

이 역시 숨이 탁 막혀 그 자리에서는 더 묻지 못하였지만, 후에 가만히 되새겨보니 속은 느낌이었다. 아니다. 돌덩이를 돌덩이라고 하였으니 진실이었다. 속였을 리 만무하다. 그런데도 속은 느낌이었다.

만약 돌덩이라면 왜 사람들이 굳이 먼 곳에서 마차를 타고 찾아와 경배를 하느냐 하는 문제가 남았다. 또한 돌덩이에 불과하다면, 힘들게 깎고 다듬고 하여 저리 장엄한 위용을 굳이 아름답게 드러내려 하느냐의 문제도 남는 거였다.

이런 의문을 풀려고 되물어보지 않는다면 인간은 돼지나 소와 다를 바 없는 미물이 아닌가? 어찌 이런 질문이 또박또박

따지려드는 말대꾸란 말인가.

　로반 박사 앞에서는 조아리고 피하였지만 내 생각은 이렇듯 달랐다.

3.

　로반 박사와 대박사는 드러나는 성품에서 현격한 차이가 있었다. 박사와 대박사라는 호칭 차이의 느낌뿐만 아니었다. 사람은 저마다 생긴 모양만큼이나 성격이 다르고 특성이 다르기 마련이었다.

　로반 박사는 반야전에 나타났다하면 입이 쉬는 법이 없었다. 항아리에서 차를 따라 마시거나, 대박사가 자리에 있건 없건 이야깃거리를 만들어 낸다. 내가 백제 말을 배우려 알아듣지 못하는 부분에서 되물어보면 인상이 달라진다. 그러니 말은 혼자만 지껄여야 직성이 풀리는 성격이다. 거기다 본인이 아니고 다른 사람이 말할 때도 내가 모르는 말이어서 한마디 끼어들기라도 하면 바로 입질이 날아오기 마련이었다.

　로반 박사가 입을 열기 시작하였다.
　"우리 대박사님은 도인이여. 스물두 살에 살던 절에서 홀연히 하산하여 불탑을 짓기 시작한 거. 우리는 여러 해 일을 같이 했제. 어느 날, 내가 왜 속세로 내려왔냐고 내력을 물으니, 대박사가 말하기를, 속세가 어디 따로 있냐고 하더만."

그날, 이렇게 시작한 로반 박사는 대박사에 대하여 시시콜콜 소상하게 이야기를 하였다. 어려서 업둥이로 업혀 절에 가게 된 사연이며 다른 절 스님을 스승으로 삼아 계를 받고 용맹정진한 내력이며 하산을 하게 된 동기를 마치 자신이 겪은 과거처럼 들려주었다.

"절에서 20년이면, 절 공부는 할 만큼 했다고 믿어 줘야지. 원래 산중에서 공부를 마친 도인은 마을로 내려와서 중생제도를 해야 하는 거. 그런데 대박사의 말은 중생이 어디 바깥에 따로 모여 사는 게 아니라는 거. 내 안에서 수시로 들고 일어나는 번뇌 망상이 바로 중생이라는 거. 그러니 대박사는 불탑 짓는 일을 하면서 이런 마음의 중생을 스스로 제도하며 산다는 거."

내 입은 진작 차단되었다. 잘 듣고 있다는 표시로 간간이 끄덕여 주기만 할 따름이었다.

"나야 평생 절집에 이리저리 다니며 불탑을 지었어도 아는 게 없어. 그러나 들은 풍월은 있지. 하여 처음에 얼핏 들었을 때는 파계한 돌중인가 했었제. 왜냐면, 그동안 나는 속세가 따로 있고 중생이 따로 있는 걸로 주워들었거든. 그런데 가만히 생각해보니 그 말이 틀린 것 같지가 않아. 왜냐면, 산중에 살았던 스님이 고요히 앉아 신선 흉내를 내는 건 앉아서 떡 먹길 거여. 절밥 몇 년 먹었다면 누가 못 하겠노? 그러나 마을에 내려와서 마을 사람들과 섞여 꼭 같이 지지고 볶고 하며 사는 건 아무나 못하는 겨! 그래서 내가 대박사님을 도인으로 인정하는 겨."

로반 박사는 마치 자신의 이야기를 자랑이라도 하는 듯하였다. 그러나 나는 빠르게 지껄이는 그의 말을 다 알아듣지 못하면서도 끄덕여주었다. 왠지 틀린 구석이 없게 들렸다. 거기다 백제 억양이고 백제 말이어서 모르는 말이 있다한들 나는 제동을 걸지 않고 따로 기억해 두어야 하였다. 그 부분은 내가 해야 할 공부였다.

사비성에서 온 달솔 손님을 만나려 대박사가 주지 스님의 방으로 갔던 그날뿐 아니었다. 로반 박사는 틈만 나면 여자들의 수다처럼 떠들었다.

그 외에도, 대박사에게는 양녀로 들인 참한 딸이 있는데 제자와 혼인을 시켰다는 이야기도 하였다. 거기다 로반 박사 자신의 사연도 털어 놓았다. 이렇듯 절름발이가 되고 비쩍 마른 것은 로반 작업을 하다가 땅바닥으로 굴러 떨어져 다리가 부러진 후유증이라 하였다. 그러므로 내가 대박사에 대하여 알고 있는 사연은 모두 로반 박사의 입으로부터 나온 정보들이었다.

4.

5월에 신라 스님들이 왔었다. 중순경이었다. 대박사가 주지실 회의를 다녀왔을 때 반야전에는 여러 명이 기다리고 있었다. 로반 박사와 그의 조수 두 명, 담장장과 그의 조수 한 명, 그리고 인근 마을에서 대박사를 만나러 온 백성 우두머리였다.

"어찌 되었습니까?"

성질 급한 로반 박사였다. 숨 돌릴 새도 없이, 대박사가 반야전 문을 열고 들어서자말자 물었다.

"결정이 났어요!"

대박사도 뜸 들이지 않고 덤덤히 대답했다.

"마차는 몇 대나 준비할까라우?"

인근의 백성이었다.

"로반 박사가 두 대 쓰고, 내가 한 대 쓰니 세 대면 됩니다. 그리 아시고 돌아가 준비하시지요. 그리고 이제 나머지 뒷일과 정리는 담장장께 부탁드립니다.!"

이미 예고된 일이었다. 불탑 쪽 일은 이미 이틀 전에 끝이 났고, 맨 마지막 공정인 로반 박사의 조원들도 짐을 싸 둔 채 오늘 내일 철수할 날을 기다리고 있었는데 마침 사비성에서 손님이 왔던 것이었다.

5.

반야전 손님들이 돌아가자 대박사는 숙소 방으로 나를 불러들였다. 같이 짐을 싸자는 거였다. 불탑 도면들과 필기구, 그리고 이부자리와 옷가지였다.

짐이랄 것도 없는 짐을 싸면서였다.

"돌쇠야!"

문득 대박사가 내 이름을 불렀다. 깊이가 느껴졌다. 대박사는 나를 부를 일이 있으면 '시자야!'라고 불렀다. 반야전으로 나오던 첫날, 나는 대박사에게 정식으로 인사를 하면서 부르는 이름이며 문자 이름, 그리고 고향과 가족사항을 말하였다. 하지만 두 달이 지나도록 한 번도 나의 이름을 불러 주었던 적이 없었다. 그런데도 잊지 않았다는 게 신기하였다.

"예, 대박사님!"

평소의 느낌과 달라서 나는 신중해졌다.

"공부는 좀 하였느냐?"

"로반 박사님께서 귀찮아해도 자꾸 물어보았습니다."

"그럼 됐다. 그런데 돌쇠야! 네놈은 앞으로 절에서 살아볼 생각은 없느냐?"

"저더러 스님이 되라 하십니까?"

"어디, 스님만 절에서 산다더냐? 네놈은 지금도 절에서 살고 있지 아니하냐. 나 역시 그러하고!"

"저는 포로인데, 어찌 당장 제 마음대로 살 수 있겠습니까."

"그러면, 나를 따라가서 살겠느냐?"

가슴이 뜨끔했다. 날벼락이라도 맞은 듯 나는 잠시 멍하게 대박사를 바라보다가 이내 자세를 가다듬었다. 박사들이 이제 모두 떠난다는 것을 나는 알고 있었다. 이건 같이 가고 싶으냐고 묻는 거였다. 포로 신세를 면하고 싶으냐고 묻는 거였다. 그리고 부모님과 끝분이를 만날 의향이 있느냐고 묻는 거였다.

"제가 절을 올리겠습니다!"

"됐다!"

대박사는 절 받기를 사양하였지만 나의 자세가 만만치 아니하자 좌정을 하였다. 무릇 절집이라면 삼배가 기본인 것 정도는 나도 알았다. 세 번째 절을 마치고 나는 무릎을 꿇은 채 애원하였다. 뒷날 도망칠 때 도망치더라도 호구에서는 일단 벗어나야 하였다.

"대박사님이시라면, 지옥이라도 따라 가겠습니다!"

"됐다. 그럼 되었느니라!"

끄덕이며 좌정을 풀던 대박사가 다시 나의 시선을 잡았다.

"앞으로는 네놈 이름을 석우釋牛라고 하자! 돌 석자를 부처 석자로 바꾸자 그 말이니라. 석우란 절집에서 큰일을 하는 황소이니, 그 뜻을 잘 새겨 놓아라!"

이로써 나는 대박사를 스승으로 여겼다.

6.

다음 날. 아침은 평소와 다름없었다. 돼지우리에서 동료 포로들과 함께 경비병들의 감시를 받으며 노역현장까지 갔고, 동료들이 아침먹이를 기다리기 시작하는 시간에 나는 공양간으로 혼자 걸어가 행자들과 함께 아침을 먹었다. 그리고 평소와 같이 반야전으로 출근을 하였는데, 반야전 앞이 여느 아침과 달랐다.

"아침은 먹은 겨?"

점백이 마부였다. 그는 일전에 내가 탈출을 감행할 때 거적 속으로 숨어 탔던 그 기와마차의 마부다. 그가 반야전 앞에 세워둔 마차에 걸터앉아 있다가 먼저 아는 체 했다.

"대박사님이, 자네가 오걸랑 짐을 마차에 실어서 서탑 앞에서 기다리라는 겨. 얼른 하더라고 잉."

나는 자세한 지시를 받은 바가 없었다. 대박사며 박사 일행이 오늘 중에 떠난다는 것은 알았지만, 언제쯤 출발하는지, 그리고 나도 같은 날 함께 따라가는지의 여부에 대하여는 아는 바가 없었다. 어쨌건 대박사의 지시라니 일단 서둘러야 하였다.

짐이랄 것도 없었다. 전날 오후에 싸 두었던 옷가지며 이부자리, 탑의 도면을 그렸던 도구며 도면들, 그런 것 몇 보따리를 마부와 같이 꺼내어 실었다.

"좌복은 어디에 있는 겨?"

좌복이란 절을 하거나 참선을 할 때 바닥에 까는 방석을 말한다.

"이불 짐에 같이 쌌는데, 그걸 왜 찾나요?"

"이 사람아! 좌복을 마차에 깔아놔야 대박사님 자리가 되제!"

마부는 아주 젊었다. 왼쪽 콧방울 옆에 굵은 점이 있어 점백이로 통했다. 내가 짐 속에서 좌복을 찾아주자 점백이는 마차 바닥 한 가운데다가 척 깔았다.

7.

서탑 앞에는 마차며 사람들로 북적였다. 화려한 색깔로 꾸민 지붕 있는 승용 마차도 몇 대가 대기하였다. 로반 박사의 조수들도 벌써 나와 마차 옆에서 서성거리며 가운데 법당 쪽을 지켜보고 있었다.

사비성에서 온 달솔 일행이며 신라 스님들, 그리고 대박사며 로반 박사가 모두 법당에서 참배를 하는가 보았다. 아직 이른 아침이었다. 미륵사에서 사비성까지는 이틀을 가야 하였다. 대박사의 자택도 사비성에 있었다.

보면 볼수록 미륵사는 웅장하고 장엄했다. 특히 세 채의 법당 앞에 각기 서 있는 세 기의 9층 탑이 무겁고 장엄했다. 가운데의 목탑은 양편의 석탑보다 더 높이 치솟아 위용을 더하였다. 최근에 완공한 서편 석탑만 해도 하단부 정면이 장정 다섯 명은 양팔을 벌리고 늘어서야 닿고, 높이는 열 길도 넘었다. 아마도 가운데의 목탑은 석탑의 두 배는 될 성 싶은 몸집에 그 높이였다.

'이것이 무엇인가?'

웅대하고 장엄한 탑들을 바라보고 있자니 내 자신은 한없이 초라하고 작았다. 그런데 이 작고 초라한 것이 제 살 궁리를 하느라 온통 잡념으로 가득한 것이었다. 함께 가겠느냐고 묻기는 하였지만 오늘, 같이 출발해야 한다고 말한 적은 없었다. 이길로 대박사가 떠난다면 나는 다시 죽은 목숨이 될 터였다. 설혹 뒷날 대박사가 다시 찾아온다 하여도 막바지인 이곳의 노역이 끝나면 포로들은 어디로 이동할지 알 수 없는 거였다.

'이것이 무엇인가?'

대박사는 돌덩이라 하였다. 왠지 돌덩어리일지라도 의지하고 싶었다. 기대고 싶었다. 그리고 또한 부처라고도 하지 않았는가?

빌고 싶었다. 제발 이 작고 초라한 미물일망정 고향에는 늙으신 부모님이 있고, 어린 동생이 있고, 기다리고 있을 옆집의 끝분이가 있으니 제발 좀 나약한 중생에게 자비를 베푸시라고 빌고 싶었다. 아니, 빌어졌다. 저절로 빌어졌다. 제발, 제발 좀, 이라며……

8.

나는 석탑 앞에서 눈을 감고 서 있었다.

좌중이 술렁거렸다. 이윽고 참배를 마친 사비성의 손님들이 나오는가 보았다. 나는 두려운 마음으로 눈을 떠 법당 쪽을 바라보았다. 대박사는 이미 바깥에 나와 계단을 내려오면서 인사를 나누고 있었다. 주지스님과도 합장을 하고 달솔이며 벼슬아치의 복장을 한 몇 명의 그 일행들과도 합장으로 인사를 나누었다.

마차들이 출발을 하였다. 승용 마차들이 앞서 출발하자 걸어가는 사람들도 서둘러 뒤를 따랐다. 로반 박사의 두 마차 중 하나에는 연장이며 짐이 실렸다. 다른 마차에는 방석 셋을 깔았는데 박사와 두 조수가 대박사께 인사를 하고는 먼저 같은 마차에 올라앉았다.

이윽고 점백이 마부의 안내를 받으며 다가온 대박사가 안절부절 못하던 나를 바라보았다.

"신라 사람들과 작별 인사는 하였느냐?"

"저, 저기……."

순간 황망하여 나는 말을 더듬었다. 왈칵 눈물이 앞을 가렸다. 나도 이곳을 떠나는 것이다!

내가 떠날 줄 진작 알았더라도 동료들은 몰라야 하였다. 세상을 다 얻은 것 같은 이 벅찬 감격을 그들이 알았다면 얼마나 절망이었겠는가. 남아있는 동료들은 나처럼 어리거나 아니면 노인에 속하는 사람들이었다. 막상 혼자 이곳을 벗어난다고 생각하니 가슴이 아렸다.

"네놈도 여기 올라와 앉아라!"

마차의 좌복에 앉은 대박사가 옆을 비키며 말했다.

"아닙니다, 대박사님! 여기 있어도 날아가는 기분입니다!"

"걷다가 발바닥 아프면 걸터앉도록 하여라!"

마차를 출발시켰다. 가슴이 벅차 들뜬 내 속을 이미 짐작한 대박사였다.

미륵사 경내를 빠져 나오기 전, 저절로 뒤돌아 보아졌다. 장엄한 불탑들이 나를 바라보고 있었다. 왠지 고마웠다. 남은 동료들도 보살펴 주십사, 하고 부탁하여졌다. 나는 뒤를 보고 되돌아보고 걷다가 재빨리 합장으로 탑과 작별하였다.

미륵사가 멀어진 후였다. 나는 마차 옆에서 걸으며 물었다.

"불탑이 무엇입니까?"

"거울이니라!"

대박사는 곧바로 답해주며 미소를 깨물었다.

"탑을 어찌 거울이라 하십니까?"

"봐야만 스스로 거울인줄 아느니라!"

"장님이 아니고서야 어찌 저리 웅대한 탑을 보지 못하겠습니까?"

"다들 겉모양은 보되, 밝고 청정한 진리의 몸체는 진정 보지 못하니 부처님이 일러 무명이라 하였느니라!"

제4층
봐야만 거울이니라

1.

사비성의 성문을 들어서서는 뿔뿔이 각자 저마다의 행선지로 갈라졌다. 달솔의 일행과 신라 스님들이 먼저 길을 달리 하였고, 로반 박사의 마차 뒤를 따라가던 도중에 대박사도 길을 달리하였다.

점백이 마부는 몇 번 드나들었는지 길을 알고 있었다. 낮은 갈대지붕의 집들이 동네를 이루던 골목을 비켜 돌자 한 언덕을 끼고 기와집들이 즐비하게 나타났다. 점백이 마부는 나지막한 언덕 입구에 자리한 소박한 기와집 앞에서 마차를 멈추었다.

"갈 길이 머니 너도 여기서 자고, 내일 가거라!"

마차를 멈춘 점백이에게 대박사가 일렀다.

"황공하옵지요. 황공하고 말굽지라우 잉. 저한테 망아지와 꼭 같은 족속이라고 나무라서도 저한테는 보약이 되었어라우. 참으로, 대박사님을 모신 게 가문의 영광이어라우!"

점백이 마부가 진실로 고마워하는 듯 몸을 꼬며 조아리더니 이내 집 앞 돌계단을 단 걸음에 뛰어 올라 대문을 두드렸다.

"계서? 계서라우? 대박사님이 오셨어라우!"

마부가 주먹 쥔 손으로 다급하다는 듯이 대문을 두드리자 이내 기다렸던 사람들처럼 안에서 문을 열고 두 젊은 남녀가 나타났다.

"아버님을 뵙습니다.!"

"먼 길에 수고 많으셨습니다!"

마차에서 내린 대박사가 젊은 남녀의 인사를 받으며 돌계단을 오를 때 반백의 여인이 또 나타나며 인사를 하였다.

미륵사 반야전에서 로반 박사로부터 대박사의 사비성 가족 구성에 대하여 이야기를 전해 들었지만, 막상 대하자 느낌이 달랐다. 양녀가 아니라 친딸이었고, 수제자가 아니라 아들이었다. 거기다 반백의 조신한 여인은 양녀의 유모가 아니라 대박사의 조강지처로 어디 한구석 모자람이 없어보였다.

2.

"아리야! 이놈 목욕 좀 시켜라."

집으로 들어서면서 대박사는 나의 목욕부터 지시했다. 딸의 이름이 아리였다. 갓 스무 살이었는데 임신으로 불룩한 아랫배가 드러났다. 그리고 그녀의 남편은 대박사의 불탑 제자였다. 미륵사에서 나는 그를 본 적이 있었다. 내가 미륵사 반야전으로 나가기 전, 아리의 남편이 그곳에 잠깐씩 있으면서 대박사의 시자노릇도 하였었다.

혼자 떨어져 아리의 남편이 준비해준 목욕물에 손을 적시자 지난 이틀간의 일들이 두서없이 머릿속을 치고 나왔다.

'탑을 어찌 거울이라 하십니까?'

마차 옆에서 걸으며 내가 되물은 말이었다. 탑이 거울이라니, 도무지 이해해볼 구석이 없었다. 그러나 역시 대박사는 조금도 뜸들이지 않았다.

'봐야만 스스로 거울인줄 아느니라!'

'장님이 아니고서야 어찌 저리 웅대한 탑을 보지 못하겠습니까?'

'다들 겉모양만 보되, 밝고 청정한 진리의 몸체는 진정 보지 못하니 부처님이 일러 무명이라 하였느니라!'

거기서 나는 입을 닫았었다. 분명 내가 모르는 비밀이 불탑에 얽혀 있는 것이었다. 그러지 않고서야 대박사가 정답을 피하고 저리 대답을 빙빙 돌려댈 턱이 없는 거였다.

이번에는 탑이 '거울'이라고 하였다. 몇 번째인가? 부처라고 하였다가, 사람이라고 하였다가, 돌덩어리라고 하였다가 이제는 거울이라고 둘러댔다. 그리고 반야전에서 어느 날 물었을 때는 '색'이라고도 하였다.

'탑이 무엇입니까?'

'색이니라!'

그날은 또 분명 그렇게 대답하였던 것이다.

다음으로 치고나온 기억은 점백이 마부를 욕하던 대박사였다. 미륵사를 떠난 지 반나절도 더 지나서였다. 그동안 대박사는 나에게 동료 포로들과 작별인사는 하였는지 혹은 소중히 여기던 물품이 있었다면 챙겼는지, 그런 것을 물어보기도 하였었다. 그러던 중 마차가 앞의 마차와 간격이 벌어지며 처지자 마부가 말의 엉덩짝을 채찍으로 갈겼다. 그때 대박사는 마치 동네의 불량배처럼 돌변했다.

'야 이놈 점백아! 네 눈구멍은 찢어졌다만, 보는 게 없구나! 말과 네놈은 조금도 다름이 없는데 어찌 말 엉덩짝에 그리 매질이냐!'

이쯤 나오자 마부나 손님이나 한통속이 되었다.

'아, 대박사님, 말은 말이고 사람은 사람이지, 그라고 두 발이고 네 발인디 어째 같다고 하여라우?'

'이놈아. 두 발이나 네 발이나, 큰 거나 작은 거나, 그게 그것이지 어찌 다르다고 딱 구분을 하느냐!'

'아, 말은 말이고 사람은 사람이지라우, 대박사님!'

그러며 점백이가 채찍을 허공에 한번 휘두르더니 보란 듯이 말 엉덩짝을 또 척 갈겼다. 언제 욕한 적이 있었냐는 듯 그 모양을 보며 대박사는 빙긋이 웃어 보이기만 하였었다.

열일곱 살이면 알 건 다 안다고 자부하였지만 대박사만 대하면 자꾸 고개가 갸웃해졌다. 대체 내가 봐도 말은 말이고 사람은 사람이지, 어찌 말과 사람이 다르지 아니하다는 것인가? 그렇다면, 돼지나 닭, 뱀이나 지네하고도 다름이 없다는 뜻이 되었다. 나는 씻으며 다시 고개를 갸웃했다.

그러나 문득 생각해보니 탑이 거울이라는 말에는 다른 뜻이 담겨 있는 것 같았다. 이 말은 되새길수록 오묘한 비밀이 감지되는 느낌이었다. 나는 이 말을 더 파헤쳐보고 싶었다.

3.

　백제의 수도 사비성 안에서 목욕을 할 때까지만 해도 나는 국제 정세를 알지 못하였다. 포로병으로서 어떻게 하던 신라로 돌아가야 한다는 큰 목표 하나를 숨겨둔 채 일단 대박사의 손에 의해 노역장에서 빠져나왔다는 사실만으로 나는 가슴이 벅차오를 뿐이었다. 그리고 열일곱 살이었다. 특별히 다른 교육을 받은 바도 없고 그렇다고 출세하여 장군이나 조정 대신이 되겠다는 원대한 꿈을 꾸고 있지도 않았으니 무엇을 알거나 짐작인들 하였겠는가.

　당시 신라 왕실에서는 파격적인 계획을 세워두고 비밀히 그 계획을 진행시키고 있었다. 즉, 왕위에 오른 의자왕이 등극 초기에 국제기강을 손아귀에 잡아 쥐려 국경 인근의 신라영토를 초토화 시키며 설치자 신라의 왕실과 여제 선덕은 묘책을 내어야 하였다. 그리하여 한편에서는 김유신 장군을 전선으로 보내 막도록 하고 다른 한편으로는 고구려로 김춘추를 보내 백제 토벌에 필요한 군사를 얻으려 하였다. 그러나 고구려의 연개소문이 도리어 신라에 잃은 옛땅 수복을 이유로 김춘추를 감금

해버리자 선덕여왕은 전선에 나가있던 김유신에게 김춘추 구출을 명하는 등, 상황이 더욱 난감해진다.

이때에 신라 왕실에서 나온 획기적인 대책이 바로 황룡사 마당에 하늘을 찌르는 거대한 불탑을 세운다는 계획이었다.

"지금의 신라 운세는 산천형국이라 전쟁이 그칠 날 없으니 백성은 도탄에 빠졌습니다. 이러한 때에 거대한 불탑을 세워 그 기운을 누른다면, 주변국들이 일거에 항복하여 조공을 바칠 것입니다!"

선덕여왕에게 이런 발의를 한 사람은 국통 자장율사였다. 자장 스님은 당나라에 가서 여러 해 유학중이었으나 국난으로 하여 여왕의 부름을 받아 귀국하였다. 자장 스님은 사사로이는 선덕여왕의 외사촌이었으니 가장 가까운 친척이기도 하였다.

"그러한 탑은 백제의 최고 공장工匠을 초빙한 후에나 가능할 것입니다!"

이간 용춘공이 여왕에게 간하였다. 신라의 기술 수준으로는 어림없는 일이었다. 그렇다고 백제의 장인을 초빙하는 일도 현실적으로 어려웠다. 국지전이기는 하나 두 나라 간에는 전쟁 중이었다.

왕실 간에 국서가 오고 가서는 성사될 일이 아니었다. 그리

하여 나온 묘안이 승가를 앞세우는 방안이었다. 비록 정치적
으로는 전쟁 중이었지만 두 불국 간에 문화의 교류는 끊기지
아니하였으므로 스님들의 왕래는 이어지고 있었다.

사비성으로 왔던 이 첫날 저녁의 기억은 참으로 특별하다.
마치 나의 생일날 같이 매년 기념하고 싶은 기분이 든다.

저녁밥은 좀 늦게 차려졌다. 당시는 하루 두 끼만 먹던 시절
이었다. 백제건 신라건 당연하였다. 나는 쌀로만 지은 밥은 처
음 보았다. 지난 저녁, 미륵사를 출발하여 중간 읍내의 객사에
서 저녁을 얻어먹었을 때 조며 수수에 섞여 나온 흰 곡물을 처
음 대하였다. 점백이 마부한테 무엇인지 물었더니 '쌀'이라고
하였다. 신라의 백성들은 구경도 못한 곡물이었다. 벼슬아치
들의 녹봉은 조가 몇 섬인가로 상하를 따졌다.

흰밥으로 차린 밥상 앞에 모두가 둘러앉았다. 대박사가 모
처럼 집으로 왔으니 특별히 차린 저녁상이었다. 다음날 아침
이면 돌아갈 점백이 마부도 흰밥 앞에 앉았고, 목욕을 하고 아
리 남편이 챙겨주던 아리 남편의 여벌옷으로 갈아입은 나도 김
이 모락모락 오르는 하얀 밥사발 앞에 자리를 차지하였다.

모든 식구들이 빠짐없이 한 방안에 모여 앉자 대박사가 좌
중을 둘러보며 말했다.

"아직 확정된 건 아니지만, 서라벌로 가게 될지도 모르느니라. 신라에서 궁중대신과 스님들이 보물과 비단을 싣고 여기로 불탑 박사들을 초빙하고자 왔다. 그리하여 금마저에서 나도 서둘러 나오게 되었느니라. 내가 서라벌로 가고 못가고의 문제는 어라하의 어명에 달렸지만, 가야할 어명에 대비해 준비는 해 놓고 있어야 하느니라!"

"석탑 불사입니까?"

아리의 남편이었다.

"목탑이라더구나. 금마저의 목탑을 진작 보았기에 서라벌 황룡사에도 그런 걸 하나 짓기로 하였다더구나!"

"제가 아버님을 모시고 동행해야 하는지요?"

"아니다. 너는 곧 한 아이의 아비가 될 터이니 아내와 집을 지켜야 하지 않겠느냐? 서라벌로 가게 되면, 저놈이 가야할 것이야. 또한 저놈이 바로 서라벌 사람이니 가면 쓰일 데가 있을 것이니라!"

내 귀에 들어온 말은 여기까지였다. 저놈이란, 나였다. 아직 확실하지는 않다고 하였지만 신라로 가기위해 금마저에서 준공식도 치르기 전에 사비성으로 왔다고 하였다. 거기다 신라로 가게 되면 나를 데려가겠다고 하였다. 귀에 무슨 말이 더 들어오겠는가? 나는 가슴이 벌렁거려 난생 처음 먹어보는 부드러운 쌀밥인데도 입으로 들어가는지 코로 들어가는지 도무지 모를 지경이었다.

4.

"서라벌에 가게 될 것을 진작부터 아셨는지요?"

내가 대박사의 머리를 깎아주며 물었다.

"어찌 그리 생각 하느냐?"

"저에게 백제 말을 공부시키지 않으셨습니까?"

"모든 만상은 인연을 따라 움직이느니라. 쓸데없는 머리는 굴리지 말아라!"

대박사님의 딸 아리가 먼저 이발 시범을 보였었다. 대야에 물을 떠서 앞에 놓고 그 아래다 수건을 깔았다. 얌전히 펼친 수건 모서리에 얼레빗과 가위와 동경을 올려놓았다.

반백의 긴 삭발 머리였던 대박사의 머리카락과 성건 구레나룻 수염은 그 사이 웃자라 덥수룩하였다. 목에 가리게 천을 두른 대박사가 대야 앞에 좌정하여 고개를 수그리자 아리가 덥수룩해진 반백의 머리에 물을 적시고는 얼레빗과 가위를 챙겨 들었다.

"이렇게, 빗을 받쳐대고 가위로 위를 바싹 자르세요."

아리가 먼저 몇 번 자르다가 나에게 빗과 가위를 넘겼다. 지금까지 대박사의 이발은 아리의 몫이었는데, 서라벌로 가게 될 것에 대비해 시자인 나에게 시범만 보이라고 대박사가 명한 일이었다.

어려운 일이 아니었다. 잘려지는 머리카락은 가위 날 위에 모이도록 조심하였다가 대야에 담으면 되었다. 무엇보다 손바닥 피부에 닿는 느낌이 특별하였다. 얼레빗을 쥔 왼손은 흔들리지 않도록 대박사의 머리에 밀착하여 움직이는데, 잘려진 짧은 머리카락의 간지러움과 머리의 피부온기가 나의 손바닥을 타고 들어와 내 전신으로 퍼지는 듯하였다.

미륵사에 포로로 잡혀가 처음 강제노역을 할 때, 나에게 대박사는 참으로 대단한 인물이었다. 포로들은 감히 접근할 수도 없는 대상이었다. 함부로 말을 건네거나 마주 쳐다봤다가는 경비병의 채찍이 날아왔다. 수십 명 혹은 수백 명씩을 부리며 광대한 불사를 지휘하는 정점의 인물이었으니 하늘 같았고 딴 세계에서 노니는 무슨 제왕 같았다.

그러했던 인물이 이제 머리를 수그려 내 손에 맡기고 있는 거였다. 내 마음은 평온하였다. 대박사님과 아주 친밀해진 기분이었다.

"다 되었느냐?"

한동안 묵묵히 고개만 수그렸던 대박사였다.

"수염은 그냥이잖아요. 어디 한번 보셔요."

다소곳이 옆에 앉아 지켜보던 아리가 동경을 집어 들어 아버지 얼굴에 디밀었다.

"됐다. 저리 치우고 수염이나 처치해라!"

"예, 제가 할게요."

아리는 손에 들었던 거울을 내 손에 넘기며 내 손에서 빗과 가위를 넘겨받았다.

얼떨결에 내 손에 거울이 쥐어졌다. 거울을 만져보기는 난생 처음이었다. 청동거울은 비싸고 귀하여 아무 백성의 눈에 함부로 띄는 물건이 아니었다. 주로 대갓집 여인들이 쓰는 물건으로 그나마 화장대 시랍 안에 숨겨 두기 마련이었다.

손에 거울을 받아든 나는 거울과 대박사를 번갈아 보았다. 대박사는 편안히 눈을 감고 턱수염을 아리에게 맡기고 있었다.

'이게 거울이다. 그러면 이것도 탑이란 말인가?'

탑이 거울이라 하였다. 대박사의 그 말이 문득 떠올랐다.

나는 거울을 바라보았다. 내 손바닥만 한 크기였다. 둥그랬다. 아리가 매일 닦는지 티끌하나 묻어있지 아니하여 반들반들하였다. 거울은 항상 무엇인가를 비추기 마련이었다. 지금은 나의 얼굴을 비추고 있었다. 맑고 둥그런 거울에 얼굴을 디밀어보는 것도 처음이었다. 지금껏 물그릇이나 샘물에 비친 흐릿한 모습만 보았을 뿐 이렇듯 눈썹 개수까지 또렷한 내 모습을 보는 게 참으로 놀라웠다. 아주 총명하게 생긴 얼굴이 거울에 비춰지고 있었다. 낯설지만 충격이었다. 나는 단번에 나의 생각까지도 알아차린 기분이었다.

"무명이라 함은, 아직 거울에 얼굴을 비춰보지 못한 사람을 두고 하는 말입니까?"

거울을 보던 내 입에서 불쑥 말이 뱉어졌다. 나는 황망히 거울을 거두고 대박사를 보았다. 딸한테 구레나룻을 맡기고 있던 대박사가 감고 있던 눈을 뜨려다 다시 감았다.

"조금, 참아라. 얘기해, 줄, 터이니."

다문 입술 사이로 간신히 뱉어낸 말이었다.

5.

잘린 대박사의 머리카락은 함부로 버려지지 않았다. 이발이 끝나기를 기다리던 아리의 남편이 방바닥에 흩어진 것들을 꼼

꼼히 쓸어 대야에 담아 들고 나갔다. 그리고 바깥에서 대야의 물에 담겨졌던 머리카락을 채로 걸러 모아 비단조각에 싸 두었다.

방이 정리되고서였다.

"네놈은 게 앉거라!"

아리와 그녀의 남편을 따라 방을 나서려 하자 대박사가 나를 불러 앉혔다.

대박사의 방은 빈방 같은 느낌이었다. 벽이나 바닥에 잡다한 것이 걸리거나 놓인 게 없었다. 다만 방의 안쪽 벽에 불단이 마련되어 있었다. 작은 불상이며 거기에 향로와 촛대가 있고, 문 앞의 밝은 쪽에는 불탑의 도면을 그릴 때 사용하는 것으로 보이는 앉은뱅이책상이 놓여 있었다. 그 문 앞의 책상 한쪽을 가리키며 대박사가 나를 앉으라 하였다. 반대편 자리에는 미륵사에서 챙겨온 좌복을 깔아 두었다.

자리에 앉기 전에 대박사는 불단 앞으로 가서 부싯돌을 쳤다. 번쩍하고 튀긴 불씨가 대패로 깎은 향나무 쏘시개에 붙었다. 그 위에 향 조각 몇 개를 뿌리자 금방 방안은 은은한 향내가 감돌았다.

"네놈이 태어나서 거울을 처음 보았구나!"

"제 얼굴을 대충 짐작은 하였습니다만, 땀구멍까지 선명하게 보던 순간, 깜짝 놀랐습니다."

좌복에 앉으며 묻던 대박사였다. 나의 대답을 듣고 미소를 지으며 자세를 바로 하였다.

"무명이 무엇인지 알고 싶으냐?"

"그렇습니다."

"알아듣도록 말해 줄 터이니 새겨듣도록 하여라."

"알겠습니다."

나는 고개를 조아려 인사를 하였다.

"무명이란 밝음이 없다는 뜻이니, 장님들처럼 컴컴하게 살아가는 사람을 두고 이르는 말이니라. 그러니 아직 거울로 선명한 자신의 얼굴을 비춰보지 못하였다고 하여 무명이라 하는 것은 아니다. 다만, 꼭 같은 비유는 아닐지라도 무명이 아직 거울에 자기 얼굴을 비춰보지 못한 사람과 비슷하게 비견될 수는 있느니라."

"무엇이 비슷하고 무엇이 다른지요?"

"어떻더냐? 물그릇에 비친 흐릿한 그림자로 자기 모습을 짐작이나 하다가 거울을 통해 선명하고 뚜렷한 얼굴을 보는 순간 소름이 돋지 않더냐?"

"그러하다 뿐이겠습니까. 자신감도 생기고, 자랑도 하고 싶었습니다!"

"옳다. 그런 마음이었을 것이다. 그러나 그 거울은 손에 들고 비춰보는 것이었다. 즉, 이 몸의 바깥에서 작용하여 사물이나 비추는 물건이다. 그런데 누구나 죽기 전에 꼭 보아야할 거울 하나가 또 있느니라!"

"그 거울이 불탑인가요?"

"아니다. 이 밝고 청정한 거울은 천지와 우주의 보이지 아니하는 진리를 항상 비추고 있다. 그런데, 밝은 이 거울은 외부가 아니고 각자의 몸 안에서 정체를 드러내느니라. 비로소 이 거울을 통해야만 어렴풋이 짐작이나 하던 이 세상의 참 모습을 선명하고 뚜렷하게 볼 수 있느니라!"

"몸 안에 있다면 그것을 어찌 꺼내어 보겠습니까?"

"꺼낼 거도 없이, 손 하나 까딱 않고 볼 수 있느니라! 그때에야 비로소 동경을 보고 확실한 제 얼굴을 알듯이, 이 세상의 이치를 명확하고 확실하게 알게 되느니라!"

6.

은은한 향냄새가 방안 가득 들어찼다. 바깥, 두어 집 건너쯤에서 낮닭이 한가롭게 목청을 뽑아 올리는 소리도 들렸다. 대박사는 마음을 먹은 듯 진지한 표정이었고 평소보다 말수도 많왔다. 내가 얼떨결에 물었던 통에 이루어진 자리지만 내게는 대박사의 말이 절실하게 와서 닿지 않았다. 특히 몸 안에 거울이 있다는 말이 그랬다.

"내 몸 안과 내 몸 바깥의 거울, 이것이 다릅니까?"

"그렇다."

"누가 몸속에 거울이 있다는 말을 믿겠습니까?"

"그렇다. 이게 아주 오래된 거울이지만, 누구나 태어나면서부터 저절로 하나씩 지니는 거울이지만, 본 사람이 희귀하니 있다고 믿으려드는 사람도 희귀하다. 그러니 불가사의니라. 부처님도 이 거울을 본 후 바로 입을 닫았다. 말을 해봐야 믿을 사람이 아무도 없다는 것을 그 순간 알게 되느니라. 그리하여 깨달음을 얻은 후 일생 동안 팔만 사천 가지의 설법을 하였지만, 그 모든 설법을 통 털어 방편이라 하였느니라."

"방편은 또 무엇인지요?"

"보름달을 가리키는 손가락이거나 손가락질이니라. 달은 멀리 구름에 가려 보이지 않으니, 그 방향만을 제시 하였을 뿐이다."

"그럼, 무명이란 말도 방편에 속하는 말인가요?"

"그러하다. 부처님께서는 자기 몸 안의 밝고 청정한 이 진리의 몸체를 보지 못한 사람을 일러 무명이라 표현 하였느니라!"

"스님이라 해도 그렇습니까?"

"어디 스님뿐이겠느냐. 일국의 제왕이라 한들 이것을 보지 못하였다면 곧 중생이고 장님이니라."

"이 거울을 통해 세상 이치를 훤히 보는 사람과 무명 상태의 사람과는 어떤 차이가 있습니까?"

"무명에서 헤매는 사람들은 자신의 두 눈으로 본 것만 세상이라 여길 뿐이다. 그러니 동경에 비춰질 수 있는 사물만 쫓아다니며 무엇을 얻으려 한다. 오로지 제 살 궁리만 하는 저 축생들과 조금도 다를 바 없느니라. 이런 축생들은 때가되면 염라대왕이 잡아가게 되어있다. 그러나 이 거울을 본 사람은 염라대왕이 잡아가지 못하느니라. 이것이 다르다. 왜냐하면, 이 맑고 청정한 거울을 보는 순간 죽지 아니하는 이치도 훤히 터득해버리기 때문이니라. 모든 괴로움의 뿌리인 죽고 사는 문제에서 자유로워졌으므로 이를 일러 해탈이라 한다. 이런 사람은 번뇌 망상을 여의었으므로 마음이 평화롭다. 기뻐하고 슬퍼하고 고통에 겨워하는 마음을 제도할 수 있으니 개 같은 사람 돼지 같은 사람에서, 비로소 사람다운 사람이 되느니라!"

"그러면, 사람다운 사람이란 어떤 사람을 두고 하는 말씀인가요?"

"부처란 말이 인류의 큰 어버이 같은 한 특정 인물을 두고 경애하는 표현 같지만, 그건 오해이니라. 사람은 본 바탕이 원래 부처이니라. 그러나 수많은 윤회를 거듭하면서 전생에 쌓였던 습성을 버리지 못해 금생에서 사람의 모습으로 태어났어도 개나 돼지, 혹은 여우나 뱀의 속성을 드러내기 마련이니라. 그러니 좀 전에도 말했지만, 생존을 위해서라면 은연중 전생의 개 같은 습성이 나타나고, 돼지나 혹은 여우, 뱀이나 살쾡이로 살았던 시절의 속성을 그대로 드러내기 마련이니라. 그러므로 이러한 축생의 습성이나 습관을 완전히 벗어버린 사람을 비로소 사람다운 사람이라 한다. 이러한 사람을 일러 부처라 하느니라."

나는 헛침을 삼켰다. 그러나 여전히 몸 안의 청정한 거울이라는 것에 반신반의 하여졌다. 분명 그 안에 심오한 무엇이 비춰지고 있을 것 같기도 하였지만 한편으로는 속에서 갸웃해졌다.

"내 안에 거울이 있다는 것을 아는 사람은 희귀하다 하셨습니다. 저 역시 듣고도 믿기가 어려울 때는 어찌하여야 합니까?"

"그렇다. 세상에는 강가의 모래알 같이 수많은 사람들이 살고 있다고 하였다. 이렇듯 많은 사람들이 저마다 꼭 같은 거울은 지녔으되 지혜까지 꼭 같이 갖춘 것은 아니니라. 어디 사람뿐이랴. 저 들판이나 산중의 축생들도 저마다 꼭 같은 거울을 지니고 지혜도 갖추었지만, 다만 지혜에 있어서는 우둔하고 영민한 차이가 있느니라."

나는 끄덕였다. 거울이라는 것은 모르겠지만 축생도 나름의 지혜가 있음은 나도 알았다. 대박사는 내가 한마디 하려다가 말자, 잠시 중단했던 말을 이었다.

"그러니 비록 사람일지라도 듣고 받아들이지 못하는 사람이 수두룩하다. 지혜로운 사람의 특성은 인생의 근본에 대하여 알고 싶어 하는 본성을 드러낸다. 예를 들면, 마치 네놈이 '불탑이 무엇인가요?' 하고 자꾸 물어보는 것과 같으니라."

"그것이 의심을 일으키는 나쁜 습성은 아닌지요?"

"아니다. 그런 의심은 제 살 궁리나 하는 계산이 아니니 아무 때건 묻도록 하여라. 의심을 일으키는 그 마음이 바로 내 안에 있는 밝고 청정한 거울의 반사작용이니라. 우둔한 사람들은 그런 의심조차 드러내지 못하느니라. 어디 사람뿐이더냐. 저 허공의 날짐승이나 물속의 고기떼나 땅에서 기어 다니는 모든 축생들도 그러한 의구심을 내지 아니한다. 그러나 이런 미물들도 나름의 먹이 활동을 하는 작은 지혜는 충분히 지니고 있느니라"

나는 왠지 우쭐한 마음이 일었다.

"그러면, 궁금하여 스스로 질문하는 이것이 들판의 축생들과 사람이 다른 차이인가요?"

"그러하다. 옳다. 영특한 지혜를 지닌 사람만이 눈을 통해 보고 있는 이 주인공이 누구인지, 귀를 통해 듣고 있는 이것이 무엇인지, 피부를 통해 감촉을 느끼고 있는 이것이 무엇인지, 혹은 머리를 통해 온갖 생각을 굴리는 이놈이 누구인지, 궁금해 하느니라. 만약 이것을 '나'라고 한다면, 과연 나라고 하는 이것은 또 어디에 있는 것인가, 어디에 숨어 있는 것인가? 하고 의심을 일으키게 되느니라. 이렇듯 지혜로운 사람이 의심에 의심을 일으키는 그 근본의 몸체는, 바로 밝고 청정한 이 거울이 저절로 번득거리는 반사작용이니라. 그리고 또한 이 물건이 누구든 혼신의 힘을 다하여 집중하면 못 이룰 것이 없는, 그 불가사의한 작용의 잠재력이기도 하느니라!"

대박사는 이 대목까지 말하고 잠시 쉬었다. 내게 생각할 시간을 주는 듯하였다. 실마리가 잡힐 듯도 하여 나는 꼼짝 않고 앉아 있었다.

7.

대박사가 다시 입을 열었다.

"불탑은 아무나 짓는 일이 아니다. 돌 다듬는 정질이나 나무 다듬는 대패질은 아무나 가르치고 시키면 다 할 수 있다. 그러니 석수나 목수가 하는 일은 무명세계의 사람들이 명줄을 이어가기 위한 소박한 노동이다. 즉, 축생들의 단순한 먹이 활동과 다름이 없다. 그러니 오직 영특한 사람이 지혜로 쌓아 올리는 것이 불탑이니라. 큰 지혜는 오로지 이 청정한 거울에서 비롯되는 반응이므로, 오로지 이 거울을 통하여야만 상대가 존재하지 아니하는 불가사의한 일을 해치울 수 있느니라. 어디 불탑뿐이겠느냐? 영원으로 향하는 길이라면 그게 무엇이든, 바로 이 밝고 청정한 거울을 통과해야만 비로소 불멸의 생명력을 획득하게 되느니라!"

8.

이 순간 이후, 나는 마치 대박사의 마술에 홀려든 것 같았다. 분명하고 중대한 무엇인가가 있음은 느끼고 알아들었는데, 다만 그것이 무엇인지 본 바가 없으니 실감은 할 수 없었다.

'밝고 청정한 거울이란 무엇인가?'

대박사의 말을 듣고 있으면서도 나는 이런 의심에 빠져버렸다. 비로소 불멸의 생명력을 획득하게 된다는 이 밝고 청정한 거울이 보고 싶었다. 이것의 진실한 정체를 파악하고 싶었다.

어쩌면 최면에 걸려버렸는지도 모른다. 나는 이 오래되고 청정하다는 거울 생각에 푹 빠져버렸다.

그 말을 마친 이후였다. 대박사는 여담으로 혹여 신라로 가게 되면 포로로 잡혀온 신라인이라는 신분을 숨기고 백제인 행세를 하여야 한다고도 당부하는 것 같았지만 나는 듣는 둥 마는 둥이었다. 만약 신라로 가게 되면 나는 대박사의 통역 시자의 신분이 될 터이므로 녹봉이 나올 것이라 하였다. 그러니 도망칠 궁리는 하지 말라는 당부도 하였는데 이 역시 건성으로 들었다.

이윽고 안방에서의 자리가 파하여 내가 일어섰을 때, 대박사가 좀 큰 소리로 딸 아리를 불렀다.

"예!"

하는 소리가 문 밖에서 들리더니 이내 아리가 안방 문을 열었다.

"이놈 옷을, 한 두어 벌 지어놓도록 하여라!

등 뒤에서 들리는 대박사의 우렁우렁한 소리가 들리고서야 비로소 나는 닫혔던 귀가 다시 열리는 듯하였다.

9.

사비성으로 와서 닷새째가 되던 날 오후였다. 궁성에서 심부름꾼이 다녀갔다.

"내일 진시에 외사부로 나오라는구나. 어명이 떨어진 것 같으니, 아리는 그렇게 알고 준비하여라. 각자 짐 챙길 여유 날짜는 있을 것이니 너무 서두를 것까지는 없느니라!"

그날 저녁밥상 머리에서 대박사가 식구들 모두 듣고 알라는 뜻으로 말하자 이름이 불려 진 아리가 물었다.

"서라벌에 가시면 체류 기간은 얼마나 예상 하시는지요?"

"1년 반 정도이니라. 사비에서 각 분야 박사들이 모두 갈 것이고, 서라벌에서는 이미 목재가 다 준비되어 있고 석공이며 목공, 와공을 원하는 대로 지원하겠다니 아마도 두어 달은 앞당겨 돌아오게 될 것이니라."

"알겠습니다, 아버님."

밥상머리에서 아리의 목례를 받은 대박사의 시선은 바로 내게로 향했다.

"그리고, 석우 네놈도 내일 외사부에 같이 가야할 터이니,

딴 생각 하지 말고 잠이나 잘 자두도록 하여라!"

"알겠습니다."

달리 나는 더 할 말도 없었다. 이제 신라로 가게 될 것이라는 데도 크게 벅차거나 감격스럽지도 않았다. 왠지 무덤덤하고 왠지 건성건성 들어 넘기고 있었다.

이튿날 아침. 대박사와 나란히 걸으며 궁성으로 갈 때도 기뻐 날뛰지 않았다. 나는 비단 옷으로 갖추었다. 아리의 남편 외출복이었다. 난생처음 걸쳐보는 비단 옷이었지만 자랑스럽지도 않았다.

"너는 백제에 근본이 없지 않느냐. 외사부에 가면, 나의 양자라 할 터이니 그리 알아라."

"알겠습니다."

"다른 박사들이나 함께 할 조수들에게도 아들이라 할 터이니 굳이 신라인이라 내세우지 말거라!"

"금마저에 계셨던 로반 박사님도 가신다면, 그분은 제가 포로병이었다는 것을 아시지 않습니까?"

"어디 로반 박사뿐이겠느냐. 네놈 억양이 다른데 누군들 모르겠느냐? 그러니 함부로 나서지 말고 어른들을 마주하면 입은 닫고 꾸벅꾸벅 절이나 올려라, 알겠느냐?"

"알겠습니다."

왕궁은 대박사의 자택에서 가까웠다. 걸어서 가는 동안 대박사는 내가 서라벌로 초빙되는 백제 불탑사절단에서의 위치와 역할을 가르쳐 주었다. 나는 신중하게 듣고 이해하였지만, 역시 건성이었다. 지금 이 순간이 내 인생의 커다란 전환점이 될 것임에도 나는 긴장이 되지 않았다. 크게 실감이 나지도 않았다.

궁성 안 외사부라는 곳에 당도하였다. 이미 여러 사람들이 먼저 와서 기다리고 있다가 대박사가 나타나자 인사를 했다. 대박사는 인사를 받으며 옆에 세워둔 나의 소개를 잊지 않았다. 와 박사와 그의 조수, 목 박사와 그의 조수, 그리고 로반 박사와 그의 조수였다.

"이 녀석은 신수가 훤해졌구나! 대박사님, 이놈도 달고 가시려고요?"

로반 박사가 농담조로 나왔다.

"그럼. 서라벌에 가면 말도 못 알아들을 텐데, 부처님이 걱정돼서 이 놈을 선물하였나보네. 내가 아들로 삼아 데려가서 부려먹을 것이니 그대들이 잘 좀 가르쳐 주시게!"

"나는 어디 숨겨 두었던 친아들인 줄 알았소이다. 하하하!"

"아녀! 숨겨 두었던 아들이 맞을 겨! 꼭 닮았어, 으하하!"

처음 보는 와 박사와 목 박사였다. 농담을 하며 즐거워하는 분위기여서 나는 공손히 꾸벅꾸벅 절이나 하였다.

외사부 담당 관원의 책상 앞으로 가서 서류며 장부에 인적 사항과 앞으로 받게 될 보수를 확인하고 수결을 할 때에도 나는 덤덤하였다.

"아비 대박사의 자, 석우, 십칠 세, 역과 시자. 서숙 칠십 석…… 틀린 것이 없으면 수결하시게!"

관원이 소리 내어 알아듣게 서류의 기제사항을 읽은 다음 수결을 요구할 때에도 나는 건성 듣고 따랐다.

실감을 하였다면 진실로 나는 쾌재를 터뜨려야 하였다. 신라에서의 나의 아버지는 상급에 속하는 목수지만 한 달에 조 한 석 반이면 흔쾌히 일을 나갔다. 일 년 내내 쉬지도 않고 일을 한다고 해야 조 스무 석도 아니 된다. 그런데 아무 기술도 없는 어린 나이의 내가 칠십 석이다. 수입이 아버지의 서너 배가 넘었다. 당연히 펄쩍 뛰며 기뻐해야 하였다. 거기다 신라로 돌아간다는 게 확실해졌지 아니한가.

그러하였지만 나는 덤덤했고 건성이었다.

"네놈은 신라로 돌아갈 생각이 없는가 보구나?"

집으로 돌아오던 길에 대박사가 내 거동을 보며 한마디 했다.

"어찌 그리 생각하십니까?"

"신라가 그리워 탈출하려다가 염라대왕 앞에까지 갔던 놈이 어찌 막상 서라벌로 가게 된 마당에는 그리 된통 얻어맞은 강아지 꼴이냐?"

그때에야 나는 속엣 것을 털어내려 하였다.

"대박사님!"

"오냐, 할 말이 있으면 해 보아라!"

대박사는 무엇인가를 짐작하고 있었다.

"혼자 아무리 이해하려 해도, 내 몸 안에 청정한 거울이 있다는 것이 이해가 안 됩니다."

"그래, 잘 물었다. 그것은 이해로 알아지는 문제가 아니다. 지식으로 도달하는 것도 아니다."

"그러면 어찌해야 하는지요?"

"오로지 탑을 쌓듯이, 의심에 의심을 더하며 한 층 한 층 깊이 파내려 가야 하느니라. 오로지 스스로의 정신력을 집중하여, 눈으로 보고, 귀로 듣고 있는 이놈이 무엇이지, 이것의 정체가 어떤 것인지 하나하나 파헤쳐 봐야 하느니라. 이것은 이해나 지식으로 접근하려 하면 눈치 채고 십만 팔 천리나 달아나 버린다. 이것을 보려면 집중과 돌파로 무기를 삼아야 한다. 그리하여 의심을 하나도 남김없이 박살을 내버리고 나면, 바로 그 자리에서 이것이 선명하게 본체를 드러내느니라.”

“참으로 막막합니다.”

“그럴 것이야. 그렇다고 하여 책을 통한 지식이나 고승의 법문을 통해 답을 얻으려 하면, 이놈은 그 전에 벌써 달아나고 없느니라. 그리하여 예전의 저 석가여래께서는 열반에 앞서 진실한 고백을 하고 가셨다.”

“무어라 하였습니까?”

“부처님은 득도 이후 팔만 사천 가지도 넘는 설법을 하였으면서도 맨 마지막 날에 이르러서는 ‘나는 아직까지 단 한마디도 법을 설한 적이 없노라!’ 라고 고백하였다.”

“그래서 손가락질만 하다 가셨나요?”

“그래, 용하다. 알아들었구나.”

“참으로 오묘한 법문입니다!”

대박사가 그제야 나를 대하는 표정이 달라졌다.

“네놈이 비로소, 본심과 대면하려는 자세가 되었구나!”

10.

6월 초아흐레에 초빙 불탑사절단이 사비성을 출발하였다.

집결지는 궁성 동문 밖이었다. 박사들과 신라에서 온 관료가 궁전으로 의자왕을 배알하러 간 사이 궁성 밖은 장사진을 치고 있었다. 입궐하지 못하는 각 분야 조수들과 나도 그 속에 섞여 있었다.

신라 스님들을 배웅하러 나온 백제 스님들이 여럿이었다. 서라벌에서 사신들이 올 때 같이 왔다는 신라 대상들이 비단이며 쌀이며 소금을 바리바리 실어놓고 궁에서 관료들이 나오기만을 기다렸다. 그리고 국경인 나제통문까지 사절단을 호송하고 갈 호위병들이 대오를 지어 부대 깃발을 펄럭이고 있었다.

"이것을 간직하게!"

우리의 마차 옆에서 함께 기다리던 아리의 남편이 소매 품에서 주먹 덩어리만한 물건을 꺼냈다. 내가 백제의 공식문서에 대박사의 수양아들로 등록됨으로써 아리의 남편은 이제 나에게는 매형이 되었다.

"이게 무엇인가요?"

"잘 듣게!"

보자기에 싼 가벼운 물건을 내 손에 쥐어주는 표정이 비밀스러웠다.

"알겠습니다."

"부처님 사리라 생각하고 잘 간직하였다가, 불탑지 기초공
사가 끝나는 대로 그 가운데의 땅바닥에 묻게. 남의 눈은 피하
는 게 좋아."

"진짜 사린가 보네요?"

내가 장난처럼 받아 넘겼다.

"그렇다 여기게. 대박사님이 우리를 부처로 보고 있으니 당
신 스스로도 부처님이 아니겠는가. 아니 그러한가?"

"그렇습니다. 저에게도 스스로 부처라 하셨고, 사람을 대하
되 분별하지 않고 평등하게 대하니 참으로 그리 생각 듭니다."

나는 끄덕이며 받은 것을 내 옷 소매 속으로 숨겼다.

"그건 이발 때 마다 모아두는 대박사님의 머리칼과 손발톱
인데, 미륵사의 목탑 밑에도 묻고 석탑 밑에도 묻었다네. 물론
대박사님은 모르는 일이지. 이번 불사는 신라 땅이라 내가 따
라가지 못하니, 자네가 이 일을 꼭 좀 해 주게!"

"무슨 뜻인지 잘 알았습니다."

"그래, 부탁하네. 그리 되어야만, 사람이 곧 부처라는 우리
대박사님의 불심이 신라의 탑에도 이어지는 것일세!"

"명심하겠습니다!"

나는 합장했다. 그리고 허리를 꺾어 절을 올렸다.

2부
서라벌 편

그때 내가 물었다.

"사람이 어찌 부처입니까?"

"그럼, 개가 부처라면 안심이 되겠느냐?"

대박사의 답이었다.

제5층
사람이 부처다 2

1.

화랑들은 날렵했다. 서라벌이 가까워지자 앞서 파발을 띄워가며 마차를 몰았다. 아침에 하주(지금의 하양)에서 출발한 마차는 해가 기웃해서야 서라벌의 서천에 당도하였다.

하천의 자갈길을 건너느라 잠시 주춤하던 낭도들의 마차는 이내 바둑판같이 반듯반듯한 시가지 길에 들어서더니 다시 시원하게 달렸다. 역시 초가가 없는 시가지였다. 내가 알던 낯익은 서라벌이었다. 황룡사는 월성 궁궐에서 가까운 시가지에 연해 있었다. 서라벌의 한가운데로 쭉 뻗은 넓은 황남대로를 곧장 내달린 마차는 황룡사 중문 앞에 당도하여 먼지를 일으키며 멈추었다.

이미 중문 앞에는 황색 관복의 관료와 젊은 스님들이 나와서 기다리고 있었다.

"먼 길에 고생하셨습니다."

우리의 일행들이 마차에서 내리자 황색 관복의 관료가 마차마다 다가서며 일일이 인사를 하였다.

"법당으로 안내하겠습니다."

이어 젊은 스님들이 줄을 지어 걸으며 금당으로의 참배를 안내하였다.

나는 고향집이 서라벌 인근이지만 황룡사는 처음이었다. 장엄하였다. 궁궐의 전각과도 같았다. 백제에서 그 규모에 압도당하였던 미륵사는 황룡사에 비하면 참으로 빼다 박은 어린동생에 불과하였다. 거기다 금당의 장륙존불인 석가여래 입상 또한 저절로 입이 벌어졌다. 아래 층 바닥에 황동 불상이 발을 딛고 서 있으나 머리는 천장을 치고 올라가 위층의 창문으로 바깥을 내다보고 있었다. 미륵사의 미륵 삼존불과의 비교 역시 어른과 어린아이 같아 비할 바가 못 되었다.

금당에 들어간 우리 일행이 참배를 마치고 나오자 계단 아래에서 또 다른 관료와 스님들이 기다리고 있었다.

"이간 김용춘이라 하오!"

자색 관복을 입은 중후한 풍채의 관료가 먼저 웃으며 다가

와 대박사에게 인사를 하였다.

"용춘공이라시면, 명성은 익히 들어 알고 있습니다만!"

김용춘이라면 왕실의 실세이자 여왕의 첫 번째 남편이며 삼촌이기도 하였다. 대박사도 걸음을 멈추고 목례로서 예를 차렸다. 그러자 용춘공이 옆에 서 있던 범상치 아니한 스님을 소개하였다.

"이 스님께서는 국통 자장율사이시오."

"참으로 고명하신 스님을 뵙습니다!"

"먼 길에 수고가 많으셨오!"

대박사가 합장으로 자장율사께 예를 올리자 스님도 합장으로 흔쾌한 미소를 띠웠다. 두 거물과 인사를 나눈 대박사는 뒤따르던 박사와 조수들을 한 사람 한 사람 전부 두 분에게 소개를 하였다. 대박사 바로 옆에 붙어 서서 말 듣기를 도와주던 나도 소개를 해주었다.

"아들이신가 보오?"

용춘공이 대박사를 향해 틀리지 않을 거라 자신하는 표정이었다.

"잘 맞추셨습니다. 이 녀석이 신라 말을 공부하였던지라 함께 데려 왔습지요!"

서로의 인사를 마치자 용춘공이 분위기를 바꾸었다.

"하하. 대박사님께서는 춘추가 어찌되시오? 하도 명성이 자자하여 원로의 노익장인줄로 알았었는데, 이리 젊어 보이시니 말이외다!"

"하하. 아직 저는 나이를 한 살이라도 더 먹어본 적이 없습니다. 그저 시절의 풍상에 이 몸이 낡아 주름이 지고 머리가 희어졌을 뿐이지요."

즉각 웃으며 답하는 대박사의 말에 용춘공은 적이 당황해하는 눈치였다. 그러자 자장율사가 놓치지 않고 말을 받았다.

"소문이 헛되지 않구려! 늙지도 않고 죽지도 아니하는 이것이 어찌 나이인들 먹겠습니까. 과연 대단하시구려!"

자장율사가 먼저 합장으로 예를 표하자 대박사도 서둘러 합장을 하며 말했다.

"비로소 큰스님을 친견합니다!"

이에 다시 자장율사가 합장으로 받았다.

"백제에서 오신 적도 없겠지만, 오늘에서야 도인을 만나는구려!"

잠깐 사이였다. 옆에서 두 사람의 주고받는 말을 듣던 용춘공은 금방 상황 파악을 한 듯 크게 끄덕이더니 대박사에게 목례를 하였다. 이어 뒤편에서 지켜보고 있던 다른 박사들에게 말했다.

"잘 오셨습니다. 원로에 무척 피곤하실 터이니, 오늘은 이로서 상견례를 대신하고 여독이 풀리는 대로 연회 자리를 따로 마련하겠소이다!"

2.

돌을 다듬는 정 소리가 끊임없이 머리를 때렸다. 가람 저편 담장 밖이었다. 굵은 원목에 박히는 목수들의 자귀 소리도 둔탁하게 들렸다.

서라벌에 당도한 지 사흘째였다. 먹고는 자고, 자다가 눈을 비비며 먹는대도 또 잠이 쏟아졌다. 연죽이며 마죽, 여독에 좋다며 전복해물죽도 나왔다. 백제 미륵사에서는 종을 쳐 식사 시간을 알렸는데 황룡사에서는 목탁이었다. 정질소리 사이에 목탁소리가 들렸고 자귀소리 도중에 목탁소리가 들렸다.

참으로 이상한 일이었다.

이제 일 년도 넘었다. 병역으로 징집 당하여 고향집을 떠나면서부터 얼마나 그리워하였던가. 부모님과 끝분이, 그리고 어렸던 동생을……. 포로가 되어 금마저로 끌려가서도 얼마나 보고 싶어 하였던가?

그런데 막상 서라벌로 돌아오자 무덤덤하였다. 언제 고향을 그리워하였으며, 언제 도망칠 궁리를 하였느냐고 되묻기라는 하는 듯이 나는 태평하게 잠이나 잤다. 고향집은 황룡사에서 멀지도 않았다. 북천을 건너 소금강산 비탈 밑의 용강 마을이니 반나절 만에 다녀올 수도 있었다. 그런데도 나는 고향집에 다녀올 생각은 내지도 않고 늘어져 있는 것이다.

참으로 이상한 일이었다. 어쩌면 나는 대박사가 던진 최면에 단단히 걸려있는지도 모를 일이었다. 잠을 자는 중간 중간 깨어나게 되면,

'늘어져 자고 있는 이놈은 누구인고?'

하는 생각이 앞서는 것이었다.

사흘째 날 저물녘이었다.

바깥이 문득 어수선 한가 싶더니 누군가 내 거처의 방문을 두드렸다.

"있는가?"

시자 스님의 목소리였다. 낮잠에서 깨어 있었으므로 냉큼 방문을 열고 나갔다. 과연 주지스님의 시자였다.

"월성에서 마차를 보내왔네. 저녁에 연회가 있을 것이니 박사님들이며, 사비에서 오신 손님 모두를 입궐시키라는 용춘공

의 분부이시네."

"알겠습니다, 스님."

젊고 건장한 시자스님이라 목소리가 우렁우렁하기도 하였
으려니와 다른 박사나 조수들 역시 옆의 방에서 쉬고 있을 뿐
자고 있지 아니하였으므로 다 들었을 터였다.

아니나 다를까. 시자스님이 돌아가는 발자국소리가 멀어지
자말자 기다렸다는 듯이 이 방 저 방 방문이 열렸다.

3.

화랑들은 짙은 화장을 하였다. 월성에서 보내온 마차는 여
러 대였다. 낭도들이 모는 화려한 마차에 나누어 타고 도착한
곳은 월성의 영빈궁이었다. 왕실의 크고 작은 연회를 베푸는
곳으로 이날의 초청인은 선덕여왕이었다.

초청된 인사로는 왕실 쪽에서 자색 관복을 입은 용춘공을
비롯하여 황색 관복이 두 명, 백제에 사신으로 다녀온 청색 관
복의 낯익은 관리 두 명, 그리고 승가에서는 황룡사와 분황사
의 주지스님과 고승 다섯 명이었다. 분황사에 상주 한다는 자
장율사는 참석하지 않았다. 거기다 백제에서 초빙된 우리 일
행이 여덟 명이었으니 대략 스무 명 남짓이었다.

연회실은 좌우 두 줄로 탁자를 길게 배열하였다. 가운데는 양탄자를 깔아 무희들이 춤을 추는 무대였다. 왕실 대신들과 스님들은 용춘공을 상석으로 하여 오른편에 벽을 등지고 좌정하였다. 백제인들은 대박사를 상석으로 하여 왼쪽에 벽을 등지고 앉았다. 나의 자리는 대박사 옆이었다.

초청인이 선덕여왕이었지만, 제왕의 자리는 늦도록 비어 있었다. 음식이 차려지고 악공들의 풍악에 맞추어 무희들이 등장하자 용춘공이 건배를 제의했다.

"우리 제께서는 공무가 있어 조금 늦어진다고 하셨으니, 이로써 연회를 시작하도록 하겠습니다!"

잔에 술이 채워지고 건배가 제안되자 풍악이 울렸다. 인사들이 들었던 첫 잔이 탁자로 내려지자, 세 명의 아리따운 무희가 등장하여 소매 자락을 휘날리며 사뿐사뿐 춤을 추기 시작했다.

연회장이 넓은데다 풍악과 춤이 어우러졌으므로 대화라는 것은 옆 사람과의 가벼운 느낌 교환일 뿐, 한동안 모두 묵묵히 먹고 마시기만 할 따름이었다.

몇 순배의 술잔이 비워지고 산해진미로 배가 채워졌을 시간이었다.

"폐하께서 듭시오!"

연회장 시종이 소리쳤다. 풍악은 그치고 무희는 물러갔다. 상석의 용춘공과 대신들이 자리에서 일어나자 나머지 인사들도 씹던 음식을 뱉어내고 모두 자리에서 일어섰다.

여왕은 앞뒤 시종을 여럿 거느리고 연회장에 등장하여 단상의 용좌에 좌정하였다.

"폐하를 뵈옵니다!"

용춘공이 먼저 예를 올리자 대신들이며 스님, 박사들이 따라서 예를 올렸다. 여왕은 풍채가 좋고 후덕한 풍모였다. 금관의 달개 장식이 불빛에 하염없이 하늘거렸다.

"모두 좌정 하시오!"

여왕이 차분한 목소리로 초청 인사들을 자리에 앉힌 후 말을 이었다.

"흥취를 깨서 아니 되었소이다만, 다시 연회를 즐기시는 가운데 간략한 행사 하나를 진행시킬까 하오."

"폐하의 분부를 따르겠나이다."

용춘공이 좌중의 뜻을 전하였다. 그러자 하염없이 하늘거리는 금관이 대박사 쪽으로 반짝였다.

"백제국의 아비 대박사님은 앞으로 잠시 나오시오!"

여왕의 영이 떨어지자 좌중의 시선은 모두 대박사에게로 쏠렸다. 혹여 못 알아들었을까 하여 내가 다시 대박사께 여왕의 영을 반복했다.

대박사는 끄덕이며 자리에서 일어나 단상의 용좌 앞으로 나아갔다. 나도 따라 나가서 대박사의 왼쪽 어깨 한발 뒤에 섰다.

"소인이 아비라 하옵니다."

"먼 길 오시느라 수고 많으셨소. 그리고 먼저 신라의 초빙에 흔쾌히 응하여 주신 대박사님의 결단에 참으로 감사드리는 바이오."

"미련한 것이 부끄러울 따름입니다."

"참으로 겸손하시오. 짐이 신라의 군주로써 대박사님의 고마움에 경의를 표하고자 작은 선물을 준비하였으니 사양치마시고 받아주시오."

"황공하옵니다."

대박사의 답이 떨어지자 여왕의 시종들이 움직였다.

"비단 일백 필과 이 작은 족자이오. 비단 백 필은 황룡사로 보낼 터이나, 족자는 여기서 펼쳐 보시오!"

여왕은 시종에게서 받아든 두루마리 족자를 다시 시종에게 넘겼고, 시종이 받아 들고 온 족자를 대박사가 두 손으로 받쳐 들었다.

"우둔한 이 물건에게 과분한 하사이십니다."

"그 자리에서 풀어 보시고, 좌중에게도 펼쳐 보이시오!"

뜻을 알아차린 대박사가 즉석에서 두루마리의 묶음 줄을 풀고 족자를 펼쳤다.

– 아비지阿非知 –

단 세 자였다. 금실로 수를 놓은 큼직한 석 자의 글씨였다. 찬란했다. 자신의 이름자가 포함된 아름다운 선물이었다. 대박사는 펼친 족자를 좌중에게 보인 다음 다시 의아스런 표정을 감추지 않고 말했다.

"우둔한 물건이라, 보고도 뜻을 모르겠나이다!"

"잘 들으시오. 아비 대박사님과 백제의 박사님들, 그리고 우리의 신료들과 또한 이 자리에 함께한 고승 대덕님과 그 외의 분들도 잘 들으시오. 짐은 오늘로 아비 대박사에게 공경과 칭송의 뜻으로 지知의 작위를 더하는 바이오!"

"성은이 망극하나이다!"

대신들이 고개를 조아렸다. 대박사도 따라서 조아렸다. 여왕은 하다만 말을 마저 이었다.

"우리 서라벌의 조정에는 정치적 업적으로 공公의 작위를 받은 명문귀족은 많으나 학문과 예능에 탁월한 업적을 남긴 귀인께 수여하는 지知의 작위를 받은 명문귀족이 없소. 하므로 문화가 타국에 뒤떨어지는 지경에 이르렀소. 아비 대박사는 비록 백제국 사람이나 불탑기술이 신기에 이르렀으며, 그 공덕이 하늘에 다다랐으니 이에 지의 작위를 수여하여 칭송하는 것이므로, 그리 알고 잘 따르시오!"

여왕의 뜻에 바로 감응한 사람은 역시 용춘공이었다. 그는 그 자리에서 일어나 곧바로 대박사께 축하 인사를 하였다.

"감축 드리오, 아비지!"

그러자 황색 관복의 대신이 이었다.

"아비지! 감축 드립니다!"

대신들의 축하가 떨어지기 바쁘게 온 연회장 사람들이 함께 입을 모아 외쳤다.

"감축 드립니다, 아비지!"

그 소리가 내 귀에는 마치 '감축 드립니다, 아버지!'로 들렸다. 이로써 백제의 아비는 신라의 아비지가 되었다.

대박사에 지의 작위를 더하였다. 이제부터는 나도 칭송의 뜻이 담긴 호칭을 써야 마땅하다. 하므로 이후에는 대박사의 호칭을 '아비지'로 바꿀 터이므로 참고하시기 바란다.

4.

연회가 파한 뒤였다. 용춘공은 아비지만을 대동하여 영빈궁 내의 다원으로 자리를 옮겼다. 백제의 다른 박사나 조수들은 먼저 마차로 돌려보낸 뒤였다. 나는 의당 아비지의 수족인 셈이었다. 용춘공도 이미 알고 있었다.

"이 다원은 영빈궁 안에서도 아주 특별한 곳이지요, 아비지!"

용춘공은 바뀐 분위기를 아비지에게 소개하였다. 여왕이 외국 사신이나 특별한 손님을 조용히 따로 만나야할 일이 있을 때, 담소하며 차를 마시는 장소라고 하였다. 참으로 은밀히 말했다.

지금에 와서야 알고 하는 말이지만, 당시의 차는 귀한 물건 중에서도 희귀한 물건이었다. 생산지인 중국에서도 널리 퍼지지 않았던 시절의 차였으므로 신라에서는 오죽하였겠는가. 오직 선덕여왕 단 한사람이거나 자장율사 등 당나라 유학에서 돌아온 한 두 명의 승려들만이 애호하는 보물이었다. 용춘공은 선덕여왕이 왕위에 오르기 전, 덕만 공주의 신분이었을 때 최초의 연인이자 부군이었다. 거기다 족보로는 삼촌이기도 하였다. 그러므로 차를 알았고, 다원을 이용할 수 있는 유일한 신라의 남자인 셈이었다.

여 시종이 들고 온 다기와 뜨거운 물을 탁자에 펼치는 사이, 용춘공이 말했다.

"아비지. 이건, 차라하오. 당나라에서만 생산되는 식물의 잎인데, 이렇게 우려서 마시면 머리도 맑아지고 숙취에도 좋다하오!"

"난생 처음입니다. 귀한대접을 받는군요."

"하하하. 아비지께 특별한 청이 있어서 이리 따로 모셨소이다."

"우둔한 물건에게 청이라니요. 불려서 온 몸이니 요구라고 해야 옳습니다."

"하하하. 참으로 겸손하십니다, 아비지."

차가 첫 순배 돌 때까지는 분위기가 그런대로 좋았다. 보물같이 귀한 차라고 하였으나 내 입에는 떨떠름할 따름이었다.

"공께서 저에게 요구하실 일이 무엇이신지요?"

아비지가 이 대목의 궁금증을 먼저 물었다.

"실은, 하하하. 거, 탑의 규모를 조금 더 웅장해 보이도록, 높이를 더 올렸으면 한다는, 자장 국통의 청이 있어서요."

용춘공은 마지못해 한다는 듯 난처하고 미안하다는 표정을 지어가며 어렵게 말을 이어갔다.

"약간의 설계변경이시라면, 어려울 것도 없지요."

아비지의 대답은 담백하였다.

"약간이라기보다, 실은, 국통의 요구대로라면, 전혀 다른 불탑이 될 것이외다!"

"말씀해 보시지요?"

"하하하. 실은, 백제 미륵사의 탑은 셋이라 들었습니다. 9층임에는 변함이 없지만, 우리 황룡사도 여래 삼존불을 모셔 전당이 셋인데 그와 같이 삼 탑을 세운다면 세상 사람들이 모방을 하였다고 비웃을 것이요. 하여 세 탑을 하나로 합쳐, 높고 웅장하게 세웠으면 하는 것이 우리 국통 자장율사의 바램이라오."

대강의 짐작을 한 듯 아비지가 차 한 모금으로 입을 적시고 말했다.

"웅장하게 세운다고는 하나 높이에 있어서는 미륵사의 80척 목탑보다 한 치라도 높게는 짓지 않겠다는 게 신라측이 백제의 우리 제께 하신 약조였습니다."

"그 약조는 화친으로 갔던 신라의 사신들이 한 게 아니라, 따라갔던 승려들이 한 약조였을 것이오. 그것은 국가와 국가 간의 국서로 한 약조가 아니오. 일개 승려나 승단이 한 약조이니 크게 믿을 바가 못 된다는 것을 귀국의 제께서도 이미 알고 있을 것이오."

용춘공의 솜씨는 노련하였다.

"그러하다면, 높이는 얼마를 더 올려야 하십니까?"

"이건, 저의 생각이 아니고, 국통스님의 계획을 우리 제께서
도 동의한 생각이오."

"말씀이 그리 어렵습니까?"

"아, 아니오! 실은, 목탑은 9층으로 하되, 그 높이는, 백제 미
륵사의 세 탑을 합친 높이 정도인 2백 2십 5척으로 계획하고
있소!"

"2백? 거기다 또 25척?"

민망하여 얼굴을 마주 쳐다보지 못하였지만, 아마도 아비지
의 입이 쩍 벌어져 다물지 못하는 것 같았다.

225척. 문외한인 내가 들어도 실로 놀라운 높이였다. 요즘
세대의 사람들이 이백이십오 척의 높이를 빨리 짐작하는 방편
으로는 25층짜리 아파트나 빌딩을 연상하면 된다. 현대의 이
런 건물은 지하를 파서 철골과 콘크리트로 건물의 뿌리를 깊이
박는다. 하지만 목탑은 지상의 주춧돌 위에 나무기둥을 세워
쌓아 올린다. 그나마 당시에는 장비인들 무엇이 있었으랴! 하
므로 자연적인 높이의 한계가 있는 것이다.

"아비지!"

용춘공이 입을 다문 아비지를 불렀다.

"예, 용춘공!"

"놀라시었소?"

이윽고 아비지가 결정하였다.

"이 문제는 저 혼자 결정할 일이 아닌 것 같습니다. 저 혼자서 하는 일이 아니므로 다른 박사들과 상의한 후에 답변을 드리도록 하겠습니다."

비로소 쳐다본 아비지의 표정은 그리 놀란 것 같지는 않았다. 침착하고 신중해 보였다.

"일을 도울 장인들은 얼마든지 동원해 드리겠소이다. 당장 준비된 장인만도 2백여 명에 달하고 그 중 일부는 초석 작업을 하고 있으니, 우리는 아비지의 결단만 있으면 해 내리라 믿고 있소이다. 그렇습니다. 시간은 드리겠소이다. 백제에서 박사님들이 오셨는데, 무슨 일인들 못 하시겠습니까?"

5.

월성에서 돌아온 아비지는 마차에서 내려 곧장 금당으로 향하였다.

"너는 따라올 것 없다. 잠자리에 들도록 하여라."

참배를 하리라 여기고 법당으로 들어가서 상단에 촛불이라도 밝혀주려 하였으나 나를 떨쳐 내었다. 아마 불탑의 대박사라할지라도 마음이 심란할 거였다.

마당에 달빛이 은은하게 내려 있었다. 보름 같은 하현달이 옅은 구름을 지나고 있었고, 여름날의 밤기운은 늦도록 이야기하기에 딱 좋았다.

우리 숙소는 동금당 뒤편의 〈화엄전〉이란 요사채였다. 황룡사는 본당인 금당을 중심 건물로 하여 동쪽에는 동금당, 서쪽에는 서금당이 전면에 서 있다. 그 뒤편으로 강당이며 승려들의 숙소며 식당격인 공양간이며 그런 요사가 배열되어 있었다. 동금당 바로 뒤의 〈화엄전〉은 원래 신참 승려들의 숙소였으나 백제 사절단에게 넘기고 승려들은 가까이 담장을 맞댄 북쪽 뒤편의 분황사로 거처를 옮겼다.

다른 박사와 조수들은 이미 먼저 돌아왔다. 연회의 여운이 남았는지 각자의 방으로 흩어지지 않고 박사는 박사들끼리, 조수는 조수들끼리 화엄전 툇마루에서 두런두런 이야기를 나누고 있었다.

"아비지께서도 오셨느냐?"

툇마루에 걸터앉았던 박사들 중에서 로반 박사였다.

"금당에 참배 가셨습니다."

"허! 이 밤중에?"

"아암. 신라에서 작위를 받았으니, 참배하실 만도 하시지."

와 박사와 목 박사도 한마디씩 하였으나, 그저 지나치는 입질이었다. 나는 아비지 방에 잠자리를 펴놓고 내 방으로 들어갔다. 옷도 벗지 아니한 채 잠깐 누웠다가 일어난다는 것이 깜빡 잠이 들었던가 보았다.

몇 시 경인지. 눈을 뜨니 멀리서 닭 우는 소리가 들렸다. 번쩍 정신이 들었다. 자리를 차고 일어나 소리죽여 방문을 열고 나가 댓돌을 살펴보았다. 아비지의 신발이 보이지 않았다. 약간 기울기는 하였으나 보름이나 다름없는 하현달이라 툇마루 안까지 훤하였는데도 신발은 보이지 않았다.

아직 돌아오지 아니 하였나 보았다. 나는 발소리를 죽이며 금당으로 확인을 나갔다. 그랬다. 다행이었다. 금당 출입문 댓돌 아래에서 가지런히 놓인 신발 한 켤레가 달빛에 젖고 있었다.

그대로 뒤돌아오려 하였으나 왠지 궁금했다. 댓돌 위에 벌름하게 벌어진 문틈으로 보려다 찢어진 창호 구멍이 더 커보여서 나는 눈을 들이대고 금당 안을 엿보았다.

아무것도 보이지 않았다. 상단에는 촛불조차 켜져 있지 않았다. 그저 컴컴한 법당에 달빛이 은은히 스며들어 있을 따름이었다. 거대한 석가여래 입상은 창호로 스며든 달빛을 마주하고 있어서 희미한 윤곽만 잡혔다. 새삼 웅대했다. 금동으로 주조된 본존불은 희미함 속에서도 은은히 번쩍였다. 높이가 1장 6척이라 하였다. 궁궐처럼 높이지은 금당의 천장을 뚫고 서 있다. 외부에서 보면 3층 건물 같지만 내부의 천장은 한 공간으로 꼭대기까지 뚫려 있다. 그러니 다시 봐도 본존불은 아래층 바닥에 발을 딛고 어둠 속에 서서 위층의 창 너머로 바깥을 내다보고 있는 격이다. 키가 1장 6척이나 되니 이 석가여래 입상을 '장륙존불'이라 하였다.

이윽고 은은한 어두움에 눈이 익자 희미한 좌불상 하나가 드러났다. 법당 마루 한가운데를 조금 비켜난 자리였다. 금빛으로 번쩍이는 불상은 아니었다. 은은하게 스며든 달빛에 어깨며 머리, 등의 곡선으로 하여 윤곽을 짐작할 뿐이었다. 미동도 없었다. 마루 한가운데 좌정한 불상은 거대한 본존불을 마주하고 무언의 대화를 나누고 있는 듯하였다.

그랬다. 더 볼 것도 확인할 일도 없었다. 아비지였다. 금당에서 바야흐로 삼매에 든 것이었다.

숨을 죽인 채, 발소리도 죽인 채 나는 은은한 달빛 사이를 걸어 되돌아 왔다.

6.

날이 밝은 다음 날이었다.

아침 식사를 알리는 목탁 소리가 나고서야 나는 다시 아비지를 생각하였다. 방문을 열고 나오자 댓돌에 신발이 없었다. 혹시나 하고 공양간으로 가보았지만 아비지는 보이지 않았다. 승려들은 줄을 서서 배식을 하고 있었고 박사와 조수들은 공양간 한쪽에 모여서 아비지가 나타나기만을 기다리는 모양새였다.

"어째 혼자 오나?"

뒤늦게 나 혼자 나타나자 와 박사가 불퉁하게 뱉었다.

"지난밤에, 안 들어오셨나 봅니다."

"뭐라? 금당에 참배 가셨다더니?"

"허! 뭣이라?"

그제야 박사들이 무슨 낌새를 차린 모양이었다.

"어디 가보세!"

로반 박사가 주저 없이 몸을 돌려 절름절름 앞장을 서자 와 박사며 목 박사도 뒤를 따랐다.

"그대들은 식사나 하고 계시게!"

마지막으로 공양간을 나가던 목 박사가 조수들을 향해 말하였지만 나는 박사들의 뒤를 따라 금당으로 향했다.

아비지는 불상 그대로였다. 좌복 위에 다리를 틀고 앉은 채 무슨 목불이나 철불 같았다. 아니다. 그대로 인불이었다. 눈은 바닥으로 반쯤 내려감은 채 사람들이 다가가도 꼼짝을 않았다.

금당 안으로 맨 먼저 들어간 로반 박사가 앞서 절름절름 다가가서는 말을 붙이지도 못했다. 그 역시 미동도 하지 아니하는 아비지를 보고 인불이라는 느낌이라도 받은 모양이었다. 와 박사 역시 기세 좋게 다가가서는 깨우지를 못하고 옆에서 머뭇거렸다.

그때였다. 어디, 두꺼운 마룻장 밑이거나 혹은 장륙존불이 무거운 입이라도 연 듯 아무 움직임도 없는 가운데 말소리만 들렸다.

"어찌, 이와 같이 몰려 오셨는가?"

로반 박사는 그제야 안도하는 표정이었다.

"혼자 삼매에 빠졌습니까?"

그제야 아비지가 사람의 모습으로 돌아온 듯하였다.

"생각해야할 일이 생겨서 이와 같이 좀 앉았네."

"심각한 문제라면, 우리와 함께 하시지요?"

"이제 내 생각은 정리하였다네. 그럼, 박사님들의 의견을 들어볼까요?"

눈을 떠 둘러보던 아비지는 꺾였던 다리를 풀며 천천히 몸을 일으켜 세웠다.

7.

비로소 지어질 탑의 높이를 알고 나자 로반 박사부터 크게 반발했다.

"서라벌로 들어오기 전에 제가 그랬지요? 이건 뭔가 잘못된 냄새가 난다고 했어요. 이렇지 않고서야 국경을 넘자말자 칙사 대접을 했을 리 없어요. 우리는 납치당한 겁니다. 미륵사 목탑보다 단 한 치라도 더 높인다면 저는 당장 백제로 돌아가겠습니다!"

와 박사도 거들었다.

"백제와 신라가 서로 불국토를 다투는 이 마당에 백제인이 신라에 와서 백제의 최고 불탑보다 몇 배를 능가하는 탑을 신라 땅에 짓는다면 이것은 백제인의 수치요, 또한 우리 어라하와의 약조를 어긴 불충이니 돌아갈 길마저 막막할 것입니다."

"두 분 다 일리는 있네. 그러나 백제인을 떠나 두 분의 장인 정신에 묻겠네. 여기가 신라도 아니고 고구려도 아니라면 그대들은 어떠하시겠는가?"

아비지의 물음에 로반 박사가 나섰다.

"그렇다면야 이는 장인으로써 마땅히 도전해야할 일이고, 그 난관을 극복한 후에 찾아오는 희열은 장인이 아니고서는 느껴보지 못할 쾌감일 겁니다. 그러나 그것은 만약의 경우이고, 현실은 엄연히 여기는 당나라도 고구려도 아닌 신라의 서라벌입니다."

와 박사가 치고 들었다.

"로반 박사의 말에 동의합니다. 여기는 서라벌입니다. 신라와 전쟁 중인 우리 어라하가 알기라도 한다면, 당장 가족을 해하지 않으리라는 보장이 없습니다."

다시 로반 박사가 말했다.

"어제 연회에서 여왕이 호감을 사려고 작위를 내린 것이나, 서라벌로 오던 도중에 성주며 관리들이 칙사 대접을 했던 이유가 분명해졌습니다. 저는 지금부터 신라 땅에서 신라인이 주는 음식부터 거부하겠습니다!"

와 박사도 나섰다.

"저도 로반 박사와 생각이 같습니다. 미륵사 세 탑을 합친 높이라는 식으로 설계변경을 턱없이 요구하기 때문에 계약위반이 아닙니다. 우리가 백제로 돌아가겠다고 하여도 신라에서는 막을 명분이 없습니다. 저도 단식하는데 동참하겠습니다!"

아비지는 끄덕였다. 그러더니 옆에서 말없이 지켜보기만 하던 목 박사에게 물었다.

"그대는 어찌 생각하시는가?"

"저는 아비지의 결정에 따르겠습니다. 다만 높이가 금마저 목탑의 세 배에 이른다면, 이것이 불탑의 품격을 유지한 채 맞바람에 견딜 수 있을지 그게 숙제입니다."

아비지가 알아들었다고 끄덕일 때 로반 박사가 물었다.

"우리 박사들의 의견은 다 들었으니, 그럼 아비지의 입장은 어떻습니까?"

아비지가 주저 않고 답했다.

"나의 입장은 짓자는 쪽도, 짓지 말자는 쪽도 아니네!"

"결정을 못하신 겁니까?"

"아니라네."

"그럼, 어느 쪽입니까?"

"이 순간 나는, 장인의 도만 생각할 뿐이라네!"

이 대답에 로반 박사는 말문이 막힌 듯하였다.

8.

로반 박사가 서라벌로 오던 도중 냄새를 맡았다는 일들은 다음의 연유에서다.

백제 사비성에서 출발하여 신라의 벽진성에 당도하던 나흘 동안 누구도 이번 행차에 의심을 품은 사람은 없었다. 황룡사에 지어질 탑의 높이는 미륵사의 목탑 정도라고만 알고 있었다. 일행들이 나제통문을 통과하여 신라 국경의 무산성에 당도한 후 성주로부터 조촐한 환영연이 베풀어졌던 자리에서도 화제는 난생 처음 밟아보는 신라 땅에 대한 소감이며 보수 따위였다.

"신라인들, 화끈하다더니 이만하면 되었제?"

"아무렴. 타국이라 해도 서숙 백 석이면 섭섭하지 않을 판인데 백오십 석이면 화끈한 것이지럴!"

"그거야 우리한테 떨어진 것이지. 아, 황룡사에서 우리 어라하한테 갖다 바친 재물은 그 몇 배는 될 껴?"

무산성에서는 이렇다 할 징후가 없었다. 즐거운 대화를 하며 가볍게 술잔이나 기울였다.

다음 날, 벽진성(지금의 성주)에 당도하고부터는 박사들이 무언가 의구심을 품기 시작하는 듯하였다. 무산성에서 벽진성까지는 산악지형이었다. 길이 협소할 뿐만 아니라 가파르고 험하여 말을 탄 호위 군사나 사신들도 전부 고삐를 틀어 쥔 채 헐떡이며 걸어야 하였다. 소금이며 쌀을 소 등에 지운 대상들은 질매를 밀고 당기며 가파른 구간을 통과하여야 하였다.

벽진성에서 부터는 서라벌까지 세곡을 실어 나르는 마차길이 나 있었다. 하여 대상들의 달구지나 마차도 전부 벽진성에 대어져 있었다.

밤이 되자 벽진성 성주가 연회를 베풀었다. 닭을 잡고 돼지를 잡아 상다리가 부러지도록 차렸다.

"자, 양껏 드시오. 국경의 무산성은 산성이라 그야말로 산나물이나 드셨을 것이오. 나랏일에 초빙되신 귀인들이시니 마음껏 드시고, 서라벌에서 마차가 당도할 때까지 푹 쉬십시오!"

성주는 무장출신 같았다. 호탕한 목소리에 체구도 당당했다. 치마만 둘렀다면 관노건 무희이건 전부 동원시켜 흥을 돋우었으므로 사신으로 다녀온 황색 관복의 벼슬아치들은 침부터 흘렸다.

벽진성에서 하주로 출발하던 아침에는 눈부터 호강을 하였다. 연꽃무늬로 화려하게 그림이 그려진 마차가 여러 대 줄을 지어 기다리고 있었다. 지붕이 있는 고급 승용 마차였다. 거기다 마부들도 짙은 화장을 한 젊은이 들이었다.

"저 젊은이들은 누구냐?"

대박사가 물었다.

"화랑과 그의 낭도들입니다."

"으음. 이 친구들이 화랑이로고!"

대박사는 끄덕이면서 낭도들과 화려한 마차에서 시선을 떼지 못하였다. 우두머리 화랑은 보통 인물이 아닌 듯싶었다. 붉은 옷에 가죽조끼를 입었으며 무릎에 이르는 장화를 신고 있었다. 머리 두건에 꽂은 꿩 깃털만으로도 귀한 신분임을 알 수 있었지만, 이 화랑이 올라탄 흑마와 흑마 엉덩이의 숫을 장식은 그가 보통 귀족이 아님을 말해주고 있었다. 특히 숫을 장식을 치장한 달개 장식의 작은 조각들이 전부 황금이어서 하늘하늘 흔들리며 반짝이는 것을 보면 진골이상의 신분이었다.

스님이며 사신들, 박사 일행들이 떠날 준비를 하고 다 모이자 화랑의 우두머리가 말안장에 앉아서 외쳤다.

"저는 풍월주 예원이라 합니다. 폐하의 령에 따라 여러분을 서라벌까지 신속하고 안전하게 모시게 되었으니 영광입니다!"

풍월주는 신라 화랑들의 최고 우두머리였다. 그가 말 위에서 인사를 하고 여섯 대의 마차에 각기 두 사람씩 올라타게 하더니 낭도들을 호령하여 마차를 출발시켰다.

풍월주 예원이 인솔한 마차들은 벽진성을 떠나 서라벌에 당도하기 전, 하주에서 또 하루를 유숙하였다. 하주는 지금의 하양이다.

하주 객사에서의 연회 역시 성대하였다. 상다리기 휘어질 술과 고기에다 여자 관노며 무희, 악공들이 전부 동원되어 잔치 분위기였다.

"대박사님. 한 잔 해서 하는 말이 아니라, 이건, 어딘가 냄새가 수상합니다."

자리를 파하고 객사로 돌아오면서였다. 로반 박사가 불편한 걸음으로 한발 앞서가던 대박사를 따라 잡아서 하던 말이었다.

"이떤 냄새가 수상한가?"

"같이 모여 이야기 좀 합시다."

그리하여 박사와 조수들이 모두 객사 방에 둘러앉았다.

"어디 들어봅시다!"

이윽고 대박사가 로반 박사에게 말했다. 그러나 먼저 입을 연 사람은 와 박사였다.

"벽진성에서부터 맡은 냄새를 낮에, 이리로 오다가 쉴 때 우리끼리 얘기한 바가 있습니다. 왠지 우리가 속아서 온 느낌입니다."

"왜 그리 느끼시는가?"

대박사의 이번 물음에는 목 박사가 받았다. 목 박사는 대박사의 조수 격으로, 원래 대목장이었지만 신라로 오게 되면서 박사로 격을 높여 받은 사람이었다.

"우리는 화친의 목적으로 백제에 다녀온 사신들과 이 사절단에 묻어서 우리들을 초빙하러 왔던 스님들을 엄연히 구분해서 생각해야합니다. 신라 사신들이 우리 어라하께 금은보화와 비단을 수레로 싣고 와서 바친 것은 그 목적이 전쟁의 화친에 있었던 것이 아니라, 신라 왕실에서 우리들을 데려오기 위한 위장화친이었을 거라는 의구심입니다."

"많은 비단과 보배를 갖다 바치면서까지 위장할 이유가 있을까요? 어차피 문화에는 반목이 없어 승려들 간에는 서로 교류하는 입장이거늘!"

이 말은 로반 박사가 받았다.

"벽진성에 당도하고서야 느낀 바이지만, 우리는 거기서나 여기서나 과대한 환대를 받았습니다. 단지 황룡사의 불사로 하여 우리가 승려들을 따라오게 되었다면 환대는 없어야 하였고 따로 이동한 대상의 무리에 섞여 서라벌로 들어가야 옳았습니다."

"그렇습니다, 대박사님! 벽진성에서부터 화랑의 무리들이 호사스러운 마차를 대령하여 우리를 호송하고 있습니다. 그것도 우두머리가 풍월주입니다. 아주 한 나라의 칙사 대접입니다. 이건, 스님을 앞세워 국가에서 우리를 납치한 겁니다!"

"그렇다면, 이유가 있을 거 아닌가? 나는 금마저에서 여러 달 전부터 신라 스님을 대면하였지만 수상한 냄새는 맡지 못하였다네."

대박사가 좌중을 둘러보며 말하자, 와 박사가 나섰다.

"비밀스런 국가의 불사가 숨어있을 것입니다!"

술기운으로 시작된 의구심은 끝도 없이 이어졌다. 황룡사가 보통 사찰이냐, 그 자체가 왕실이라는 등 별 이야기가 다 나왔지만 결국 대박사가 이런 말로 마무리를 지었다.

"아직 닥치지도 아니한 걱정을 앞당겨서 하는 짓은 어리석은 일이네. 일단 부딪쳐보세, 그리고 그때 다시 의논하세!"

9.

하주에서 서라벌로 향하던 낭도의 마차 안에서였다. 함께 탄 우리 마차가 한가로워 대박사께 궁금하던 것을 물었다.

"아무리 파헤치려 해도 사람이 부처라는 뜻을 알지 못하겠습니다."

뜬금없는 나의 물음에 대박사는 잠시 끄덕이다가 입을 열었다.

"예전의 저 석가세존께서는 강가의 모래알갱이보다도 더 많은 부처가 있다고 하시며, 이를 두고 '무량 억만 부처님'이라 표현하셨느니라. 이게 무슨 뜻이겠느냐. 세상의 모든 강이나 해변의 모래알보다 더 많은 무수한 숫자라면, 어디 사람만으로 되겠느냐?"

"그럼, 어찌하여 사람을 두고 중생이라 하십니까?"

"어디 사람뿐이더냐. 중생 또한 '무량 억만 중생'이니라."

알아들을 만 하였다. 그러나 여전히 궁금했다.

"그러하다면, 어찌하여 중생을 두고 부처라 하십니까?"

"중생이 곧 부처이고 부처가 곧 중생이니라. 다만, 삶의 본능만을 좇아 마음을 내면 중생이라 할 것이요, 저마다 스스로 짊어진 오래된 거울을 보아 지혜롭게 세상을 바라보면 곧, 부처라 하느니라."

"저는 아직 밝고 청정하다는 거울을 보지 못하여 본능에만 따라 표정을 드러내는 하찮은 중생이온데 어찌 이놈에게 부처라 하십니까?"

"중생이다 부처다, 분별하지 마라. 다른 사람이 부처면 나 자신도 부처이기 때문이다. 만약에 저 석가세존 같은 특정한 부처님만을 부처라고 한다면 어찌 무량 억만 부처님이라는 말이 있을 수 있겠느냐. 그러니 모든 사람, 모든 생명체를 부처님으로 볼 때, 무량 억만 부처님이라는 말이 성립되느니라. 그러하다. 부처는 크고 작은 것도 없으니, 네가 곧 부처이니라!"

거기서 합장으로 예를 올렸다.

"알겠습니다!"

참으로 모를 일이었다. 직접 대박사님의 입을 통해 들을 때는 한마디 한마디를 다 알아듣고 깨닫는 것 같았지만, 합장을 거두고 나자 역시 궁금하였던 그대로였다.

그때 내가 물었다.

"탑이 무엇입니까?"

아비지가 대답했다.

"마음이니라!"

"마음은 형체가 없다고 들었는데 어찌 탑을 마음이라 하십니까?"

"경계를 만나면 곧바로 드러나는 것이 마음이니라!"

제6층
탑이 곧 마음이다

1.

박사들이 단식에 들어갔다는 소식은 바로 월성궁까지 전해졌다.

아침 식사를 하려다 벌어진 사단이었다. 무언가 심상찮은 사태를 알아차린 황룡사의 주지 스님은 뒤쪽 담장너머 분황사로 시자를 보내 자장율사에게 고하였고 국통 자장은 이내 왕실로 사람을 보냈다.

이간 용춘공이 수하 신료를 대동하고 황룡사에 서둘러 나타난 건 한나절이 한참 지나서였다.

"어째, 공양은 하시었습니까?"

박사들은 화엄전의 지대방 앞 툇마루에 올라 등지고 줄을 지어 앉아 있었다. 용춘공은 꼭 누구랄 것도 없이 그저 아비지 쪽으로 시선을 던지며 느긋이 물었다. 아비지는 맨 뒷줄에서 로반 박사의 등을 바라보며 앉았고, 나는 열외였다. 모든 사람의 시자로써 나름 해야 할 일도 있었다.

"우리 로반 박사한테 물어보십시오."

아비지의 권유에 용춘공이 바로 앞에 앉아있던 로반 박사의 어깨에 다정히 손을 얹었다.

"어찌 이리 불편하게 앉아 계시오?"

"우리의 단식은 백제의 자존입니다. 그러니 공께서는 굶어 죽기 전에 저희를 백제로 돌려 보내주십시오!"

"먼 길을 어렵게 오셨는데 어찌 돌아가려 하십니까?"

"내막을 알았습니다. 이는 우리 제와의 약조를 무시하고 백제를 얕보는 처사입니다. 또한 이 불탑의 높이가 장마철의 벼락이 치는 먹구름에 닿을 지경인데, 이 탑이 지어질지 아니 될지는 우리 대박사께 먼저 물어본 연후에 그 가부간의 결정을 하여야 예의일 터인데도 이미 신라에서 그 높이를 일방 결정하여 비밀에 붙여놓고 우리를 불러들였습니다."

"오해십니다."

"아닙니다. 이러한 처사는 주인이 종놈을 불러 상의도 없이 일을 시키기만 하는 모양새와 다를 바 없으므로 이는 장인들의 자존도 무시하는 처사입니다. 하니 공께서는 저희를 백제로 돌려보내 주십시오!"

용춘공은 난처한 표정이었다.

"로반 박사님, 참으로 오해이십니다. 어찌 우리가 계획을 숨겨놓고 소인배들이나 하는 짓을 하였겠소이까? 오해이시오. 남자의 생각과 여자의 생각이 다를 수 있고 동쪽 고을 사람과 서쪽 고을 사람의 이해관계가 다를 수 있거늘, 어찌하여 박사께서는 신라 사람이 백제 사람을 얕본다고 여기십니까?"

"그럼, 이 사단을 어찌 설명하실 겁니까?"

"오해라고 말 할 밖에요! 원래 백제는 고구려의 태상과 더불어 저 북쪽 부여국에서 삼한 땅으로 남하한 민족이고 신라는 원래부터 이 삼한에서 자생하여 삼한의 주인으로 살아온 토속 민족인데 어찌 견해며 행동이 백제인과 꼭 같을 수 있겠소이까? 오해시오. 스님들이 백제로 박사님들을 초빙하러 떠난 뒤에 계획이 달라져 이리 되었소이다. 오해십니다."

용춘공이 진지하게 해명하는 듯하자, 와 박사가 나섰다.

"공의 말씀을 듣고 보니 마음이 사뭇 풀어졌습니다만, 아직 여러 문제들이 남아 있으므로 돌아가 주십시오."

2.

와 박사의 말에 용춘공의 표정이 부드러워지며 아비지를 보았다.

"지께서도 공양을 거부하십니까?"

아비지가 덤덤하게 답했다.

"이 물건은 안에도 속해있지 아니하고 바깥에도 속해있지 아니하여, 어느 편에도 속해있지 아니합니다. 다만 이 물건이 하는 일이 없는지라, 불탑 짓는 일도 하고 단식을 하는 박사들의 옆자리에 앉아 있기도 합니다."

"과연 자장 국통의 말씀대로 지께서는 참으로 도인인가 보옵니다. 알아 들을 듯 말 듯 한 솜씨로 이 자리를 빠져 나가십니다. 그러나 제가 듣기로는 반대의 입장은 아닌 듯합니다, 마는?"

"이 불탑은 혼자 지을 수 있는 일이 아닙니다. 혼자가 곧 여럿이고 여럿이 곧 혼자가 되어야 만이 가능한 불사입니다. 그러므로 우리 구성원 중에 누구 한사람이라도 반대한다면 이것은 반대이니, 공께서 이치에 맞는 설득을 해 주시기 바랍니다."

"알겠소이다!"

이리하여 이간 김용춘은 지난 밤 영빈궁 다원에서 아버지한 테 하였던 말을 박사며 조수들에게도 다시 하였다.

탑의 높이는 왕실과 왕실간의 국서가 오간 약조가 아니고 신라 승단과 백제왕과의 협약이었다는 것과, 신라의 화친 사신 과 스님들이 백제로 떠난 후에 자장율사가 탑의 높이를 결정하 게 되었는데, 이 높이의 문제는 다시 백제 왕실로 사신을 보내 어 황룡사의 입장을 의자왕에게 설득할 것이니 안심하라는 내 용이었다.

"여러 박사님들, 심려를 놓으십시오. 두 나라간의 껄끄러운 문제는 전부 정치로 해결할 터이니 단식을 풀어 주십시오. 우 선 식사를 하시고 기운을 차리세요!"

그때, 다시 로반 박사가 나섰다.

"되었습니다. 공께서는 최선을 다해 설득하려는 진심이 보 이니 참고하겠습니다. 공께서는 이제 자리를 비켜 주시고, 우 리끼리 가부간 정리할 시간을 주십시오."

"박사님. 번뇌를 여의시고 이제 힘을 내십시오!"

이로써 용춘공은 박사며 조수들의 손을 일일이 잡아 다정함 을 표시한 뒤 되돌아갔다. 이제 시간이 흐르고 나서 되돌아보 면, 큰 장인들은 대게 심성이 담백하며 그 본성에 드리운 그늘 이 옅은 느낌이다.

박사들의 첫 번의 단식은 이로써 허망하게 해제가 되는 듯하였다. 다음에 터질 일은 예견 못하고 이 심각하였던 사건은 하루도 못 가서 박사들이 용춘공의 세 치 혀에 단박 넘어가는 형국이 되었다.

3.

용춘공이며 월성의 대신들이 돌아가자 박사들은 툇마루에서의 농성 대오를 풀고 지대방 안으로 들어가서 다시 모였다. 지대방이란 백제 박사들이 모여 환담을 나누며 쉬는 사랑방다. 아비지와 내 방의 사이에 있는 공간으로 지대방과 아비지의 방은 장지문으로 연결되어 있었다.

바닥의 긴 앉은뱅이 다탁을 사이로 모두 빙 둘러 앉자, 로반 박사가 먼저 발언했다.

"용춘공이 누굽니까? 왕실의 실세이자 차기의 제왕으로 거론되는 김춘추의 부친입니다. 그러니 이런 실세가 설계변경의 문제는 국가 간의 정치로 해결하겠다니 우리로써는 영역 밖입니다. 그러나 아비지!"

"계속해요."

로반 박사의 표정이 심각하자 아비지는 발언을 끊을 생각이 없어보였다.

"저는 아비지라기보다, 대박사라 부르는 편이 부담이 없는데 아무튼, 아비지!"

"말씀 계속 하시게!"

"제가 단식을 입에 담았을 때, 실은 백제의 자존보다 높이에 대한 두려움에 생각이 마비되었습니다. 2백 2십 5척은 우리 누구도 상상하여 보지 못했던 높이입니다. 금마저의 8십 척 목탑도 아비지께서 스스로 설계하였으니 아시지만, 장인들의 기술이 아니라 부처님의 가피로 완성한, 뒤돌아보면 참으로 불가사의한 완공이었습니다. 그렇지 않습니까?"

"맞습니다. 육체의 힘에는 한계가 있는데 어찌 인연의 이치와 맞서겠습니까."

아비지였다. 로반 박사는 워낙 꼬장꼬장하고 말을 혼자만 해야 풀리는 성격이었다. 현장에서 오랜 시간을 보냈던 사람들은 이를 알고 있었으므로 모두 입을 닫고 있었다.

"이번 탑은, 두려움이 앞섭니다. 과연 이 높이까지, 수천 관이 넘을 청동 로반을 번개가 내려치는 그 아득한 자리까지 들어 올릴 수 있는 방법이 있느냐가 가장 큰 문제입니다. 그 높은 허공에서 삐끗했다가는, 이 몸은 바닥에 닿기도 전에 형체도 없이 산산조각날 것입니다."

로반 박사의 심각한 발언에 목 박사도 끼어들었다.

"아비지. 사실 그 높이가 저도 체증처럼, 높이를 듣자말자 속을 긁었습니다. 우리가 혼신을 다해, 지금까지 아비지의 설계로 올라갔던 높이가 8십 척이었습니다. 금마저의 이 탑을 지어 올릴 때도 희생자가 여럿 나왔습니다. 이 높이는 아직 아무도 도달하여보지 못한 장인들의 한계치인데 이번 황룡사 목탑은 이 보다 세 배는 더 높고 그야말로 까마득한 하늘입니다. 층수를 높일수록 바람과 공포의 저항은 배가될 터인데, 저 왕실이나 자장율사에게 가능하다는 배짱이나 내보일 수 있을 지요?"

이때였다. 겁먹은 로반 박사며 목 박사를 무시하는 기세로 아비지가 당당히 나섰다.

"그럴 것이네. 기술적인 문제며 마음의 두려움이 어디 한두 가지겠는가. 그 무게며 바람의 저항 또한 만만치 아니할 것이네. 그러나 우리의 본분은 장인이네. 아니 그런가?"

"그렇지요."

좌중은 끄덕였다.

"설계도는 어차피 내가 그릴 것이네. 아니 그러한가?"

"그렇습니다."

"지금까지 같이 일을 해오면서 내가 그린 설계도를 의심하며 작업을 하였는가?"

"아닙니다. 우리는 아비지의 지혜를 믿습니다!"

복창이라도 하듯 다 같이 대답을 했다.

"그럼 되었네. 원래 걱정과 두려움은 그 실체가 없다네. 장인은 도인이고 탐욕이 곧 도이네. 새겨듣게. 지금껏 아무도 가보지 못한 그 길을 가 보겠다고 나서는 것이 곧 탐욕이며 이것이 장인의 올바른 도라 생각하네. 장인은 수행자와 그 입장이 같다네. 수행자는 도를 얻으려 출가를 하고 장인은 작품을 얻으려 집을 떠나는데, 결국 경지에 이르면 얻으려던 그것이 다르지 않다네. 이해되는가?"

"과연 대인이시니, 우리는 따를 뿐입니다!"

아무도 더 입질하는 사람이 없자 로반 박사가 농담처럼 대응하였다. 그러자 침을 한번 삼킨 뒤 아비지가 말을 이었다.

"생각해 보시게. 수행자가 두고 온 집과 가족을 걱정하고, 상황이 닥치지도 않았는데 지레 겁부터 낸다면 수행이 되겠는가?"

"정곡을 찔렀습니다!"

와 박사였다. 다시 아비지가 말을 이었다.

"그러하네. 이런 사람은 바로 하산하여 범부로 살아야 될 사람이네. 그와 같이 가족을 떠나 깊은 산중이거나 먼 타국에서 작품에 몰두하는 장인이 코앞에 닥치지도 아니한 걱정과 가족의 안위를 먼저 고민한다면, 이 어찌 온당한 장인이라 하겠는가?"

"우리의 뒤통수를 치시네요!"

로반 박사였다. 아비지는 계속했다.

"헛소리가 아닐 걸세. 이런 사람이라면 마을에서 그저 가옥이나 짓는 동네 목수나 기와장이로 살아야할 범부의 그릇이지 않겠는가?"

이 대목에서 박사들이 전부 들고 일어났다. 먼저 와 박사였다.

"듣고 보니 부끄럽습니다. 과연 아비지의 말씀이 옳습니다. 저는 범부와 같이 가족과 이 한 몸의 안위만 먼저 생각하였습니다. 부끄럽습니다. 오늘부터라도 장인의 정신에 부끄러움이 없는 길을 걷겠습니다."

다음은 로반 박사였다.

"맞습니다. 크게 얻어맞았습니다. 제가 3층 탑에서 떨어져 절름절름 흔들며 걸을지라도, 앞으로는 장인의 길과 범부의 길을 왔다 갔다 하지 않고 절더라도 장인의 길로만 흔들며 걷겠습니다!"

목 박사도 빠지지 않았다.

"이제 걱정은 사라졌습니다. 일단 부딪혀보기 전에는 아무 말도 않겠습니다. 아비지만 따르겠습니다."

끝이었다. 이로써 박사며 조수들의 우려도 일단 날려버렸다.

4.

불사는 곧 시작되었다. 초석을 다듬는 석수들의 힘찬 망치질 소리는 서라벌의 아침을 깨웠고 목수들의 톱질에서는 흥겨운 가락이 흘러 나왔다.

신라에서는 각 분야 최고 장인을 이미 준비시켜 두고 있었다. 이 신라 장인들은 밑으로 또한 조수들을 거느리고 있었다. 용춘공은 신라 장인에게 백제 박사들의 고등기술을 습득하게 하려고 각 박사의 조수 자격으로 배치하여 붙였다.

로반 작업에는 주물 공방이 따로 있어야 하였다. 일이 시작되자 맨 먼저 로반 박사는 최적의 공방 터를 물색하러 다녔다. 백제 조수와 신라의 조수인 주물장을 대동하고 서라벌 주변 일대를 샅샅이 뒤졌다.

와 박사 또한 기와 가마가 따로 있어야 하였다. 층마다 형태마다 기와가 달라야 하였으므로 기와 틀을 일일이 여러 벌씩

제작하여야 하였고, 가마며 흙더미며 작업 공간을 마련하려면 넓은 터가 필요하였다. 하여 와 박사 역시 백제인 조수와 신라의 기와장인 조수를 대동하고 서라벌에서 가까운 산 밑을 헤집고 다니는 것으로 일을 시작하였다.

황룡사의 중문 바깥에서 서문에 이르는 넓은 공터에는 굵은 바윗돌과 아름드리 원통 목재로 깔려 있었다. 중문 밖 남쪽 공터에는 초석으로 쓸 바윗돌을 석수들이 다듬질하였다. 중문에서 서문에 이르는 공터는 아주 분주하였다. 목재며 목재를 옮기는 목도꾼들, 톱질을 하는 목수들로 하여 어지럽고 시끄러웠다. 거기다 목재를 싣고 드나드는 달구지며 마차가 또한 서로 엉킬 판이었다.

목 박사와 조수, 그리고 신라인 대목장은 멀리 나다닐 것도 없이 그곳이 일터였다.

5.

아비지는 화엄전의 숙소 방에서 새로운 설계도면을 연구하고 그리느라 바깥출입을 삼가 하였다. 백제에서 신라로 출발할 때 챙겨온 미륵사의 목탑 도면을 벽에 붙여놓고 때때로 넋놓고 바라보기도 하였다.

당시는 종이가 비단보다 귀한 시대였다. 아비지는 도면을 흰 비단에다 철필이나 세필로 그렸다. 구상단계에서는 잘못 그려지기 일쑤였다. 하여 버려진 비단이 방안에 쌓일 지경이었다. 나는 이 버린 비단을 가위로 조각내어 아비지와 나의 뒷간 처리용으로 마련하였다. 아마도 당시에 비단으로 뒤를 처리하는 사람은 여왕이거나 조정의 최고 대신인 상대등쯤은 되어야 가능하였으리라. 일반 백성은 지푸라기나 막대기로 처리하였는데, 나의 뒤는 아비지 덕에 호강을 하고 있었다.

아무튼.

도면으로 그려지는 목탑은 절 그림도 아니요 집 그림도 아니었다. 설계도면이 거의 완성의 모습으로 드러나고 있을 때였다. 옆에서 지켜보던 내가 물었다.

"탑이란 무엇입니까?"

"곧, 사람이니라!"

아비지는 내 말이 방바닥에 떨어지기도 전에 대답했다.

"그렇다면 탑이 곧 부처입니까?"

"탑은 탑이고 부처는 부처이니라!"

나는 말문이 막혀 다음 질문을 하지 못하였다.

미륵사에서 사비성으로 돌아가던 마차 위에서 아비지가 탑은 사람의 형태를 하고 있다고 말해준 적이 있었다.

'3층 탑은 사람이 좌선하여 앉은 모습이니라. 즉, 아랫단인 1층은 다리와 엉덩이 부분이고 2층은 몸통과 어깨 부위이며 3층은 머리 부분이니라. 그리고 5층 탑은 사람이 서 있는 모습이며, 9층 탑은 사람이 두 팔을 뻗어 올려 온 우주의 부처님께 합장하여 기도하는 모습이니라!'

그날 나는 비로소 불탑의 외형에서 드러나는 상징을 대강 이해하였다.

조금 뒤였다. 도면을 그리던 아비지가 냉수를 찾았다. 나는 샘으로 나가 시원한 물을 한 사발 떠왔다. 아비지는 생수 한 모금으로 목을 축였다.

내가 또 물었다.

"탑과 절은 어떻게 다릅니까?"

"절은 그 규모가 어떠하든 집에 속하므로 목수가 지을 수 있지만, 탑은 부처이므로 불자만이 지을 수 있느니라!"

"그렇다면 절은 무엇입니까?"

"안에 부처를 모셨으니 이 육체가 곧 절이니라."

"탑을 짓는 사람이 이리 많은데, 불자인지 아닌지는 어떻게 알겠습니까?"

"이놈아, 신라가 곧 불국이라는데 이 땅에 불자 아닌 사람이 있겠느냐? 다만 곡식에도 알곡이 있고 쭉정이가 있듯 불자라고 다 알곡 같은 불자만 있는 게 아니니라. 저마다 등에 짊어진 오래된 거울을 본 사람이라야 비로소 진정한 불자이니라."

"등에 짊어진 오래된 거울이란 무엇입니까?"

이 대목에서 아비지가 목청을 높였다.

"이놈아! 물 사발이나 치워라!"

6.

기초 작업이 본격적으로 시작되자 하루하루 인부들의 숫자가 늘어났다. 용춘공이 2백여 명의 장인을 준비하였다더니 전부 동원시키는가 보았다. 서문 밖은 담장에 잇대어 긴 장막이 쳐져 있었다. 숙소와 식당이었다. 인부들은 숙식을 이곳에서 해결하였다.

어느 날 오후였다.

아비지가 심부름을 시켰다. 목재 작업장에 나가있던 목 박사를 불러 오라는 거였다. 나는 서문 바깥으로 나갔다가 발걸음을 딱 멈추었다. 가슴이 쿵하고 내려앉는 충격이 왔다. 멀리서 척 봐도 대번 알았다. 늙으신 나의 아버지였다.

'아버지!'

속에서 비명처럼 터져 나왔다. 다가가 손을 잡아보지 않아도 확실하였다. 일하는 사람들로 분주하고, 달구지가 지나가는 길 건너편이었지만 틀림없었다. 굵은 원목에 두 사람이 마주보고 구부려 자귀질을 하고 있었는데, 반백의 긴 염소수염에 고개를 옆으로 갸웃이 젖히고 일하는 쪽이 아버지였다. 아버지는 연세가 쉰일곱 살이고 윗니 하나 아랫니 하나를 뽑아서 말 할 때 입안이 벌름하여 서글퍼 보인다.

'아버지!'

다시 속으로 불렀지만, 마음과 달리 내 얼굴은 서둘러 아버지 쪽을 외면하고 있었다. 참으로 모를 일이었다.

백제 사비성에서 출발하기 전에 대박사였던 아비지는 나에게 신라 사람인 것을 드러내지 말라고 하였다. 내가 신라인이라는 게, 더구나 포로병이었다는 게 드러나면 정치적으로 복잡해진다는 거였다. 참으로 이상한 일이었다. 나의 외면은 신라인이냐 백제인이냐의 문제만이 아니었다. 처음 서라벌에 당도하였을 때, 그렇게 그립고 그리던 고향 땅에 막상 돌아왔지만 왠지 덤덤하였던 그 감정이 다시 앞을 막아선 거였다.

'너는 누구인데, 저 목수를 아버지라고 부르느냐?'

이런 의문이었다. 눈물이 앞을 가리려다가 쑥 내려갔다. 나는 혼자 눈을 크게 껌벅이고는 외면한 채 가던 걸음을 재촉했다.

7.

화엄전 지대방에서 기다리던 아비지는 대번 나의 상태를 알아차렸다.

"무슨 일이 있었더냐?"

속을 들킨 것 같아 나는 움찔하였다.

"아, 아닙니다. 바깥에, 사람들이 많고 분주하였습니다."

"너는 왜 냉큼 바른 말을 하지 못하고 둘러대느냐. 머릿속으로 이런 저런 계산을 하느라 천천히 하는 말은 믿을 바가 못 되느니라."

나는 합장으로 거짓말을 인정하였다.

"그럼, 내 말이 바닥에 떨어지기 전에 대답하여라!"

"예. 아버지를 보았습니다."

아비지는 말없이 끄덕였다. 나를 바라보며 잠깐 생각하더니 물었다.

"부친이 목수라 하였더냐?"

"예."

냉큼냉큼 대답하는 나를 보며 아비지는 다시 끄덕이더니 물었다.

"그래, 만나서 인사를 드렸더냐?"

"아닙니다. 먼발치에서 혼자 뵙고 들어왔습니다."

"됐다. 나다니지 말고, 가서 쉬어라."

나는 합장을 하고 물러 나왔다.

8.

저녁 공양을 마친 뒤였다. 여름이라 아직 훤한 저물녘이었다. 저녁예불에 참배하고 지대방으로 갔더니 아비지와 목 조수가 마주 앉아 나를 기다리는 참이었다.

"부친을 한번 뵈어야 하겠으니, 어떻게 찾아야 모셔 올 수 있겠느냐?"

나는 가슴이 다시 뜨끔하였다. 그러나 건너야만 할 강이었다.

"이름보다, 용강 목수라 하면 통할 것입니다. 우리 용강 마을에는 목수가 아버지뿐이십니다."

"들으셨나? 가서, 조용히 용강 목수를 찾아 주시게."

내 대답을 들은 아비지는 목 조수에게 심부름을 시켰다. 분부를 받은 목 조수가 지대방을 나갈 때 나도 따라 나서려 하였다.

"너는 거기, 차분히 좀 앉아 있거라!"

가슴이 두근거렸다. 머릿속도 복잡하였다. 숨이 막힐 듯이 쿵덕거리고 마음이 혼란하여 허둥대는데 문득, 나의 안에서 한마디 말이 치고 나왔다.

'너는 누구인데, 여기, 이리 앉아 있느냐?'

참으로 이상한 일이었다. 이 한마디 말이 치고 나오자 나의 뛰던 가슴은 언제 그랬느냐는 듯이 차분히 가라앉았다. 참으로 이상한 일이었다.

아비지는 나의 상태를 알아차렸나 보았다.

"너는 거기 있을 게 아니다. 부친이 충격 받을지 모르니, 방에 들어가 있다가 부르면 나오도록 하여라."

"알겠습니다."

이제 흥분이 가라앉았지만 아비지의 배려가 옳은 선택이라 싶었다. 내가 아비지의 방으로 숨자말자 목 조수의 말이 들려왔다.

"모셔왔습니다!"

목 조수가 방문을 열며 하는 말이 들리더니, 이내 가보겠노라고 아비지한테 인사를 하였다. 아비지가 지대방 밖으로 나가서 아버지를 맞이하는가 보았다. 잠시 약간 부산스러웠다.

나는 차분하게 아비지의 방에 앉아 귀만 기울이고 있었다.

"아, 용강 목수십니까?"

"예, 내가 용강 목수시더!"

아비지가 묻자 들려오는 대답에 나도 모르게 복받쳤다. 눈물이 앞을 가렸다.

"안으로 들어가십시다. 저는 이번 불사를 책임진 ……"

"아하, 아비지이신교? 말씀은 들었니더. 그런데, 내가 머 잘못이라도 했는교?"

나는 귀를 더욱 기울였다. 긴장도 되었다. 참으려 해도 아버지의 생생한 목소리가 귓가를 때리자 또 눈물이 왈칵 솟구쳤다.

이제 지대방에서 단 둘이 마주 앉은 듯하였다. 아비지가 아버지한테 오미자 차 한 잔을 따라 주느라 잠시 말소리가 끊어지더니 다시 들려왔다.

"잘못이 있어 모신 게 아닙니다. 혹여, 병영에 보낸 아들이 있으신지요?"

"있니더. 죽었는지 살았는지, 그 부대원들 얘기로는 백제 군사와 싸우다가 잡혀갔다 카던데……."

"아들이 안 죽고 신라로 왔다면 어떻게 하시겠습니까?"

"여기, 황룡사에 있지요? 우리 돌쇠가 여기 있지요?"

이미 알고 있다는 듯 아버지는 대번 반응하며 목소리를 높였다.

"내가 봤니더! 우리 돌쇠의 모습을 보았니더. 비단 옷을 입고 하도 의젓해서 불러보지는 못했지만도, 맞지요? 우리 돌쇠가, 여기 어디 있지요?"

나는 주체할 수가 없었다. 아버지도 아들을 알아본 것이었다. 안 본 것 같아도 멀리서나마 직감한 것이었다. 눈물이 복받쳐 올랐다. 참으려 해도 마구 솟구치는 눈물을 닦지도 못한 채 흐느끼자, 삐어져 나오는 울음소리를 들은 아비지가 불렀다.

"이리 나오너라!"

눈물범벅으로 왈칵 미닫이를 밀고 나가는데, 목조차 메었다.

"아부지!"

"이게 누고? 이느므 자슥, 돌쇠 아이가?"

부자는 서로 확인할 겨를도 없이 엉겨 붙었다.

9.

격정의 순간이 지나자 들떴던 지대방의 분위기 가라앉았다.

늙은 아버지께 뒤늦은 상봉의 큰절을 하고 자세를 바로하자 아비지가 아버지의 시선을 잡았다.

"한 가지 묻겠습니다."

"무엇이던 물어 보이소."

아버지도 흥분을 가라앉힌 목소리였다.

"잠시도 머물지 않고, 인연을 따라 끝없이 흘러 다니는 게 무엇인지 아십니까?"

"우리 돌쇠가 여기까지 오게 된 사연을 말씀 하시는교?"

아버지는 머뭇거리지 않고 되물었다.

"그렇습니다. 지금은 이 방에서 이와 같이 함께 하였지만, 이 방문을 나서면 또 어디로 어떤 인연을 따라 흘러가게 될지 아무도 모릅니다."

"그러합니더. 우리 모진 목숨들이 살아간다는 게 그런 거 같니더."

아버지가 끄덕이며 척척 반주를 맞추자 아비지가 다시 입을 열었다.

"한 가지만 더 묻겠습니다."

"얼마든지 물어보이소."

"그러면, 입을 열면 당장 시체가 되고, 입을 닫아도 반은 송장인 것이 무엇인지 알겠습니까?"

"잘은 모르겠지만도, 듣고 보니, 우리 돌쇠의 어려운 입장이지 싶습니다."

머뭇거리지 않고 대답하는 아버지의 입안은 빠진 치아로 하여 역시 벌름하여 서글펐다. 그러나 나 같았으면 말문이 탁 막혔을 터인데 주저 없이 대답하는 아버지가 은근히 자랑스러웠다.

"과연 불국의 백성이십니다."

아비지는 엷은 미소를 지으며 아버지에게 드디어 이 아들이 백제에서 황룡사의 불사 현장으로 오기까지의 사연을 간략히 이야기 하였다.

그렇다고 내가 누더기를 입고도 하루에도 몇 번씩 부처님께 절을 하였다거나, 탈출을 시도하다가 얻어터져 사지를 헤매었던 부분은 말하지 않았다. 포로로 잡혀 강제 노역을 하던 내가 유난히 눈에 띄어 개인 노비로 빌렸고, 사비성에서 나의 신분을 허위로 바꾸어 양자로 등록하였으며, 이제 급료를 톡톡히 받는 통역시자로 서라벌에 데려왔다고 설명하였다. 그리고 앞으로 꼭 이름을 불러야 할 일이 있으면 돌쇠가 아니라 잘 아시고 계실, 석우로 불러야 한다는 당부도 빠뜨리지 않았다.

"고맙습니다. 아비지께서는 우리 석우의, 생명의 은인이시자 영혼의 어버이이시더! 은덕이 하늘보다 높습니다. 저는 이놈을 이리 눈앞에 데려다 주신 것만으로도 몸 둘 바를 모르겠니더. 이제 두 말이 필요 없이 입을 꾹 다물고 살랍니더!"

"이 탑이 완성될 때까지만 입니다. 석우는 전장에 나가서 죽었다 여기십시오."

"알겠니더! 입을 벌려 송장이 되게 하는 것 보다야 입을 꾹 다물어 반송장이나마 옆에서 지켜보는 게 백번 천번 낫지 않겠는교. 염려 마시소. 석우는 저의 아들이기도 합니더. 제가 아들의 은인이자 저의 은인이기도 하신 아비지께 큰절 한번 올립니더!"

아버지가 큰절을 할 자세를 잡자 아비지가 화들짝 놀라며,

"아니. 아니, 이러시면 안 됩니다!"

라며 서둘러 말렸다. 두 어른이 어울려 다투다시피 우김질을 하는 것을 보자 문득 연세가 엇비슷하다 싶었다.

10.

그날 밤, 아버지는 중문이며 서문이 닫히는 시각까지 내 방에서 함께 있었다. 용강의 집에는 보름에 한 번씩 다녀오기로 되어있다고 하였다. 나의 모친 해수야는 아들이 무사귀환 하기를 기원하며 매일 아침 정한수를 떠 놓고 관세음보살님께 지

극정성으로 기도한다는 정보도 전해 들었다. 이제 맏이의 입장에서 모친께 효를 다한다는 동생의 이야기도 아버지께 들었다. 나는 올해로 열여섯이 되는 옆집 끝분이 소식도 물어보려다 참았다.

내가 망을 보았으므로 아버지가 바깥으로 나가는 모습은 본 사람이 아무도 없었다. 나는 이 날에야 비로소 아버지가 치아는 두 개나 빠졌어도 남들에게 호락호락한 인물이 아니라는 것을 알았다. 아마도 이제 용강의 집으로 다니러 가는 날에는 나의 모친 해수야한테도 희망적인 한마디 말을 하리라는 느낌이 앞섰다. 나에게는 참으로 이래저래 안심이 되는 날이었다.

심초석에 동경을 안장할 때였다. 내가 물었다.

"탑 안의 거울이라면 이것을 말씀하시나요?"

"이 물건은 거울이 아니니라."

"어찌 뚜렷이 사물을 비추는데 거울이 아니라 하십니까?"

아비지가 나를 쳐다보지도 않고 말했다.

"이 두 눈에 비치는 모든 사물은 아침이슬이니라!"

제7층
오래된 거울 l

1.

로반 박사의 주물 공방은 북천의 북쪽 천변에 마련되었다. 황룡사와 가장 가까운 물가이고 공방 주변이 천변이어서 주위가 한적하였다.

공방이 마련 된 이후 로반 박사는 주로 그곳에서 거처를 하였다. 로반 박사는 다리도 불편하여서 박사가 아비지한테 전할 말이 있으면 조수를 보냈고, 아비지가 전할 말이 있을 때는 내가 다녀왔다.

또한 와 박사의 기와 가마는 명활산성 밑으로 결정되었다. 그곳 일대는 기왓골이라 하여 기존의 가마가 있었다. 큰 산 밑이라 장작이 흔했고 또한 북천의 상류 마을이어서 물이며 인부

조달도 손쉬웠다.

기왓골은 거리가 만만치 않았다. 와 박사 역시 기왓골에 올라 갔다하면 그곳 가마에서 며칠씩 내려오지 않았다.

아마도 기와 가마에서 숙식하다가 첫 번째 내려오던 날이었을 것이다. 와 박사는 지대방에 들어와서 품에 감추고 왔던 병하나를 자랑스레 쑥 꺼내 보였다.

"아비지. 이거 한 모금 맛보시지요. 신라 땅에서 최고라는 명활 곡차를 한 병 들고 왔습니다!"

사찰에서 술을 말할 때는 곡차라 하였다.

"고맙네만, 그것은 저기, 우리 목 박사한테나 가져다주게. 나는 이제 3불계를 세웠다네!"

"아, 알겠습니다, 아비지!"

서로 잘 알고 있는 뜻인가 보았다. 그 말에 와 박사는 들고 있던 술병을 감추었다.

뒷날 알게 된 말이었다. 아비지에게 있어 3불계란 불차, 불출, 불면이었다. 이 3불계는 아비지가 불탑 공사를 시작하면 지키는 자기와의 약속이었다. 이는 승려들에게 있어서 법계 같은 것으로 즉, 불차란 곡차를 마시지 않는 것이며, 불출이란 경내 바깥을 나가지 않는 것이며, 불면이란 잠을 자지 않겠다는 것으로 자기 자신과 약속하는 세 가지의 제동장치였다. 다만 세 번째의 불면이란, 종일 잠을 전혀 아니 자겠다는 뜻이 아니라고 하였다. 우주의 신성한 기운이 열리는 꼭두새벽에 잠을 자지 않겠다는 것이었다. 그 시간은 사찰에서 새벽예불을 올리는 시간이었다. 그러니 함께 오래 일을 한 박사들은 매일 꼭두새벽에 일어나 참배를 하겠다는 뜻으로 알고 있었다.

술병을 감추고 지대방을 나서려던 와 박사가 아비지를 돌아다 봤다.

"벌써 3불계를 세웠습니까?"

그러자 그게 뭐 대수냐는 듯 아비지가 아무렇지도 않게 말했었다.

"도면 작업도 끝났겠다, 내가 뭐 할 일이 있는가?"

2.

아비지는 잠을 거의 자지 않았다. 새벽예불은 첫닭이 홰도 치기 전에 시작된다.

우리가 서라벌로 왔던 첫날 무렵에는 황룡사며 분황사의 새벽예불은 요란스러웠다. 담장을 맞댄 두 대형 국찰에서 경쟁이라도 하듯 범종을 치고 법고를 두드리느라 온 서라벌이 들썩들썩할 판이었다. 그러나 백제 박사며 불탑을 지을 장인들 수

백 명이 황룡사 담장밖에 상주하고부터는 새벽예불에서 시방 세계의 온 중생을 일깨운다는 범종과 법고치기는 당분간 중단되었다. 아비지가 분황사로 자장율사를 찾아가고부터다.

"이제 불탑을 쌓아 올리기 시작하면, 작업자들은 전쟁과 같은 사투를 벌이게 됩니다. 종일 정신을 집중하여 혼신의 힘을 다 쏟아야할 터인데, 새벽에 종소리며 북소리에 깨느라 단잠을 못 자면 불상사가 더 많이 생기기 마련입니다."

"알겠습니다, 아비지!"

그리하여 그날 이후 황룡사나 분황사에서는 법당 안에서, 기도스님의 목탁으로만 예불이 집전되었다.

나는 잠이 늘 부족한 편이어서 새벽예불에는 매일 참여하지 못하였다. 그러나 아비지가 방문을 열고 나와 금당으로 향하는 발소리는 자다가도 알아듣고 잠을 깼다. 예불을 마치고 돌아와서 방문을 열고 들어가는 소리도 들었다. 하지만 아침에 침구를 정리하려 들어가 보면 지난 저녁에 내가 펴놓았던 요며 이불이 흩어지지 않고 그냥 그대로였다.

나는 때때로 낮잠도 잤다. 그러나 아비지는 땡볕이 쪼이는 한 낮에도 방문에 쳐놓은 대발 안쪽의 방 한가운데에 꼿꼿이 앉아 좌선에 들어있었다. 불면이라더니 과연 그랬다. 새벽만이 아니라 종일 잠을 자지 않는 것 같았다. 만약 잠을 잔다면,

아비지는 앉아서 잔다는 결론이었다.

3.

한낮의 무더위가 한풀 꺾인 오후였다. 분황사에 상주하는 국통 자장율사의 시자가 화엄전 지대방으로 찾아왔다.

"아비지께서는 아니 계시는가?"

"예. 금당 앞 불탑 자리로 가셨습니다."

"그럼 가서 말씀 좀 전해 주시게. 지금 국통스님 실에 용춘공이 왕림하셨는데, 의논할 일이 있으니 아비지도 모셔오라 하셨네."

나는 국통스님 시자의 전언을 듣고 금당 앞의 불탑자리로 갔다. 아비지는 축대로 돋운, 불탑이 들어앉을 자리에서 신라인 석수 장인과 이리저리 자를 들고 다니며 대화를 나누고 있었다. 이 불탑 자리에는 원래 아담한 석탑 한 기가 세워져 있었지만 웅장한 금당이며 거대한 장륙존불과 조화를 못 이루어 진작 뜯어내 다른 곳으로 옮겼다고 하였다.

내가 축대 위로 뛰어 올라가도 두 사람은 손짓 발짓을 동원하며 대화하기에 바빠 보였다.

"국통 스님과 용춘공께서 의논할 일이 있으므로 모시고 오라 하셨답니다!"

그제야 아비지가 내 쪽을 보았다.

"어디로 오라고 하셨다더냐?"

"국통스님 방이라 하였습니다."

"시자스님은 지대방에서 기다리느냐?"

"예!"

잠깐 침 한번 삼키는 것 같더니 아비지가 진중하였다.

"그럼 시자스님과 함께 국통스님 방으로 따라가서, 국통스님이나 용춘공께 이렇게 전하여라"

"무어라 할까요?"

"내가, 불탑불사 중에는 불출의 계를 세우고 지키니, 어려우시더라도 의논할 일이 있으면 화엄전 지대방으로 걸음하시라고 전하여라!"

"알겠습니다!"

나는 그 길로 되돌아와 시자스님과 함께 분황사로 건너갔다.

4.

"불출이라! 그래, 부친께서는 3불계에서 불출이 무슨 뜻이라 하시는고?"

용춘공이 내 말을 전해 듣고 되물었다. 용춘공이며 자장율사는 내가 아비지의 아들이라 여기고 있었다.

"불탑 불사 중에는 불탑의 자리에서 한 발자국도 벗어나지 않겠노라는 서원이 불출인 줄 알고 있습니다."

"오호, 대단하시구만. 아니 그렇습니까, 국통스님?"

"하하. 우리가 꼼짝 못하고 잡혀가야 하겠구만요!"

무더운 날의 오후라 용춘공은 자장율사의 방에 마주 앉아 방문을 활짝 열어젖힌 채 오미자 차 한 잔 씩을 앞에 두고 있었다. 나는 자장율사나 용춘공이라면 보물 같다던 녹차라도 마시는 줄 알았는데, 오미자 였다. 오미자는 화엄전 우리의 지대방에도 내가 매일 준비해 두는 여름 차였다.

나는 자장율사의 방 앞 툇마루 밑에 서 있었다. 용춘공과 자장율사는 유쾌해 보였다. 용춘공이 또 물었다.

"그러면, 모르고 있어서 묻는 것이니, 우리가 같이 알고 있어서 나쁠 것은 없지 않겠는가? 그럼, 3불계라 하였는데, 두 번째가 불출이라면 첫 번째와 세 번째는 무엇인고?"

"예. 첫 번째는 불차라 하여, 곡차를 마시지 않는다고 들었습니다."

"으음. 장수하시려나 보군. 그럼, 세 번째는?"

"불면입니다."

"불면? 잠도 안 주무시겠다고?"

용춘공은 짐짓 놀란 표정을 지어 나를 보다가 이윽고 시선을 자장율사한테로 돌렸다. 자장율사는 빙긋이 미소를 깨물었다.

내가 보충 설명을 하였다.

"함께 일을 해온 우리 박사님들의 해석으로는, 전혀 안 주무신다는 뜻이 아니고 우주의 기운이 열리는 새벽 시간대에는 잠을 자지 않고 깨어 기도 하겠다는 뜻이라 하였습니다."

"그럼, 그럼, 그러하시겠지. 사람이 잠을 아니 자고야 어찌 이틀을 버틸 수 있겠는가. 아니 그렇습니까, 국통스님?"

"어찌 해석하건, 제대로 맞아 떨어진 인연입니다!"

자장율사도 끄덕이며 한마디 하였지만, 전혀 모르고 있어서 내가 또 설명을 덧붙였다.

"그런데 실로, 밤에도 잠을 주무시지 않습니다."

"그걸 어찌 아시는고?"

용춘공이, 설마? 하며 묻는 얼굴이었다.

"제가 저녁이면 침구를 펴 드리고 아침이면 개켜 청소를 합니다. 그런데 밤이 지나고 아침이 되어도 침구는 펴 놓았던 그대로입니다. 다만 침구 위에 깔고 앉았던 자국만 있을 뿐이지요.”

“이런, 이런. 그렇다면 진짜 불면이 아닌가? 그렇게 밤새 혼자서 앉아만 있다면, 좌불상이 따로 없겠구먼. 아니 그렇습니까, 국통스님?”

놀라워하는 용춘공과는 달리 자장율사는 덤덤히 물었다.

“언제부터 그러하시노?”

“예. 설계도면을 다 그리시고 부터입니다!”

내 말을 듣고도 자장율사는 덤덤하였다. 그러자 용춘공이 나섰다.

“그렇습니다, 국통스님. 염라대왕이 이리로 저승사자를 보낸 것 같으니 꼼짝없이 우리가 저리로 잡혀가야만 하겠습니다!”

“하하, 그럽시다. 지체 말고 일어섭시다.”

그 자리에서 흔쾌히 일어선 용춘공과 자장율사는 나를 앞세워 황룡사로 건너왔다.

5.

거대한 불탑의 시공식 날짜가 잡혔다. 이것을 황룡사에서는 ‘불탑시공대법회’라 하였다.

분황사에서 자장율사며 용춘공이 황룡사로 불려왔던 날이 8월 초닷새였다. 이 두 거물뿐 아니었다. 자장율사는 황룡사로 건너오며 시자스님을 시켜 분황사 주지와 황룡사 주지도 화엄전의 지대방으로 불러 모았다.

　황룡사 주지와 분황사의 주지스님들은 의아해하였다. 황룡사 주지실의 운동장 같이 넓은 방을 두고 여러 명이 비좁고 누추한 지대방에서 둘러앉았으니 도통 영문을 알지 못했던 것이었다. 자장율사는 사전 설명도 없이 좌중이 다 모이자 입을 열었다.

　"소승이, 8월 한가위에 대법회 날짜를 잡았습니다! 앞으로 딱 열흘 남았어요. 아비지, 어떠합니까? 법회를 열기에 미흡한 점이 있습니까?"

　"남은 날짜가 충분하니 준비에 모자람이 없을 것입니다."

　"그럼 됐습니다. 심초석에 안장될 사리함이며 내장물품도 준비가 다 되었으니, 그럼 되었습니다. 소승은 이 말씀을 드리려 이리로 왔고, 또한 다 이리로 모이라 하였습니다."

　이날 지대방에서 공식적으로 오간 말은 이것이 전부였다. 자장율사가 이내 인사말을 남기고 나서자 두 주지스님도 일어나 뒤를 따랐다.

　용춘공은 조금 더 앉아 있다가 나갔다. 아비지한테 친절하게, 신라만의 고유명절인 한가위와 한가위에 대법회 날짜를 잡은 연유를 소상하게 말하였다.

"아비지! 지의 3불계에 대하여 전해들은 바가 있습니다. 하지만 한가위 날에는 불계를 하루만 푸시어 잠도 푹 주무시고, 곡차도 한잔 하시고, 저 황남대로로 나가 백성들의 한가위 잔치에 참석도 하여 보시는 게 어떻겠습니까?"

이윽고 용춘공도 자리에서 일어서며 인사삼아 말하자, 아비지는 이렇게 받으며 배웅했다.

"공께서는 참으로 용하십니다. 누가 알까 부끄러워 숨기는 일인데, 관세음보살이 따로 없습니다. 하하."

6.

용춘공이 한가위라는 말을 알 리 없던 아비지에게 그 행사의 유래와 의미를 다음과 같이 말했었다. 나는 신라인이고, 열일곱 살이나 되었으므로 알 것은 다 안다고 자부하였지만 듣고 보니 이런 명절의 유래도 모르고 있었다. 한가위면 먹고 놀 줄만 알았지 축생처럼 그 의미 따위는 알려고도 하지 않았던 자신이 한심하였다. 하여 나도 용춘공이 하던 말에 귀를 기울였고, 정리를 하면 대략 다음과 같다.

한가위는 '가위'라고도 하고 '가배嘉俳'라고도 하였다. 수백 년 전. 신라 초기의 대왕인 유리이사금 때에 서라벌 근처 6부의 아녀자를 왕녀 2명이 양편으로 나누어 거느리고 길쌈과 베 짜기 대결을 벌였다. 군포가 부족하던 시절이라 부족 간에 아녀자들의 경쟁심을 돋우기 위한 정책이었다.

매년 7월 보름에 그 대표 아녀자들이 그해 새로 정하는 한 곳에 모여 상견례를 하고 다음날인 7월 열엿새부터 편을 갈라 한 달 가까이 길쌈과 베 짜기 대결을 하였다.

이 결과로 진 쪽에서는 술과 음식을 장만하여 이긴 편을 대접하였다. 이 날이 8월 대보름이었다. 보름이란, 달이 가장 밝다는 뜻도 있지만 그 달의 가장 한가운데 날이니 '가위'라 하였다. 그러니 가배란 대접한다는 뜻의 순 우리말이고, 가위란 보름이라는 뜻이었다.

일 년이면 가위도 열두 번이 있으니 그 중 가장 달이 밝은 8월을 '한가위'라 하였다. 그 후 6부의 아낙들은 한가위가 되면 진 편은 대접을 하며 노래를 부르고 이긴 편은 춤을 추며 즐거워하였는데, 진 편이 부르던 노래가 어찌나 슬프게 들렸던지 회소곡會蘇曲이라 하였다.

초창기 서라벌 일대 아낙들의 길쌈대결로 시작된 이 행사는 수백 년의 세월이 흐르면서 신라 본토는 물론 병합한 가야지역까지 구석구석 퍼져 나갔다. 초창기는 아낙들만의 대결 행사였지만, 이후 대결은 화합으로 변하고 대접의 자리는 축제와 잔치로 발전하여 지금은 산간벽지라도 한가위가 되면 아랫마을 윗마을이 어울려 각종 놀이판을 벌이고 풍년가를 부르며 모두가 즐기는 신라인들의 명절이 되었다.

이 유래 설명을 마치고 용춘공이 말하였다.

"아비지, 이러니 신라 백성들에게는 한가위가 아주 특별한 날이라오. 국통 자장스님께서, 뭐, 진행과정을 살펴보면 특히 서두를 것도, 그렇다고 일부러 늦출 것도 없이 저절로 한가위에 딱 맞추어 지는 것 같은데, 이렇게 일부러라도 이 날짜에 시공 대법회를 하려는 데에는 백성들의 관심을 얻으려는 뜻이 있으니, 아비지께서 실수가 없도록 준비를 잘 살펴 주십사 하고 부탁드리는 바이오."

이 말에 아비지는 당연하다 하였다.

"그야말로 길일과 딱 맞아 떨어지는 불사 과정인 듯합니다. 이게 다 부처님의 일이니, 가피라고 할 수 밖에요."

이 대화 이후 용춘공은 지대방에서 나설 차비를 하였다.

7.

용춘공도 그동안 분주하였다. 불탑 공사에 동원한 2백여 명의 신라 장인들의 사기도 올리고 기강도 잡느라 매일이다시피 황룡사를 드나들었다.

신라인들은 목수다 석수다 가리지 않고 담장 밖 장막 숙소에서 다섯 명이 한 개 조를 이루도록 소대원을 짰다. 그리고 일의 경중을 가리지 않고 한 사람에게 닷새에 한 번씩, 저녁이 되면 막걸리 한 되와 중닭 한 마리씩을 배급하였다. 급료 외의 선심이었다. 하므로 다섯 명의 소대원 당 한 명에게 매일 막걸리 한 되에 중닭 한 마리가 나오는 셈이니, 저녁을 먹고 나면 매일 막걸리 한 모금과 닭고기 안주를 한입씩 나누어 씹으며 하루의 고되었던 피로를 풀 수 있었다.

황룡사의 목수나 석수뿐 아니었다. 북천의 주물 공방이나 명활산성 밑의 기와 가마에서 일하는 사람들에게도 꼭 같은 비율로 배급이 되었다. 그러니 용춘공은 신라의 장인들로부터 자자한 칭송을 받고 있었다.

아비지는 아비지 나름 또한 백제 박사들의 환심과 신뢰를 받고 있었다. 이 백제 박사들과는 여러 해에 걸쳐 함께 작업을 한 이력도 이력이지만, 무엇보다 비단으로 산 환심이 컸다.

아비지가 신라 여왕으로부터 지의 작위와 함께 받았던 비단 백 필은 박사와 조수를 가리지 않고 여덟 명이 각 열 필씩 돌아가도록 분배하였다. 그러고도 남은 비단 스무 필은 만약을 대비하여 백제박사단의 여유자금으로 남겨두었다.

나에게도 비단 열 필이 분배되었다. 엄청 많은 재물이었다. 비단 한 필이면 조가 세 석이었다. 나는 이 비단을 용강 목수, 즉 나의 부친한테 몰래 주려다 포기하였다.

나의 고민을 진작 알아차린 아비지가 분배하던 날 충고하였다.

"이것이 화근이 될 것이야. 부친한테 드리고 싶으면 한가위 전날, 모두 집으로 명절을 쐬러 가실 때 한필도 많고 반 필만 숨겨 드리던지 하여라. 그나마 집에 가시어 잘 둘러 대시도록 당부하여야 할 것이야!"

"알겠습니다."

그리고 보니 나한테는 짐이 되는 물건이 비단이었다. 이것이 재물이라는 생각이 도대체 들지 않았다. 그러니 이것을 잘 간수해 두었다가 뒷날 요긴한 재산이 되도록 해야 한다는 계산마저 없었다. 이 재물이 나에게는 자칫 화가 된다는 염려는 사실 크게 중요한 문제가 아니었다. 나는 아직도 아비지의 최면

에 걸린 듯,

'도대체 정체가 뭐기에 재물 앞에서 이따위 번뇌를 일으키는가?'

하는 의문이 앞을 막아서고 있었던 것이다.

그러나 박사와 조수들은 들떠 있었다. 한가위에 서라벌의 황남대로로 나가서 질탕 마셔도 고작 비단 한필이면 쓰고도 남을 거라며 부푼 마음이었다.

8.

심초석을 놓을 때 나는 아비지의 머리칼과 손발톱을 그 아래 땅에다 묻었다. 백제 사비성을 출발하던 날 아리의 남편한테서 받아 간직하였던 작은 보자기의 물건이었다. 이것을 아리의 남편은 사리로 여기라 하였다. 이로서 백제 미륵사 불탑에 안장되었던 '사리'가 신라로 이어져 황룡사 불탑의 심초석 밑에도 꼭 같이 안장되었다.

심초석이란, 여러 초석들의 한가운데에 놓이는 중심 초석을 말한다. 초석이란 주춧돌이다. 황룡사 9층 목탑은 쉰 네 개의 주춧돌 위에 기둥을 세워 올리도록 설계되었다. 한 줄에 주춧돌 여덟 개씩 여덟 줄이 정사각의 터전에 깔리니 쉰 네 개였다.

이 64개 주춧돌의 한가운데이며 탑의 중심돌이 되는 주춧돌을 심초석이라 하였다.

심초석은 상단과 하단으로 나뉘는데, 굵은 바윗돌 두 개를 깎아 한 덩이가 되도록 짜 맞추었다. 하단의 심초석은 윗면을 절구통처럼 석혈을 움푹 파서 사리함이며 보배 따위의 안장 물품을 넣어 안치시킬 공간을 만들었다. 상단 심초석은 하단의 뚜껑처럼 올려 덮어 그 위에 탑의 중심을 잡아주는 찰주를 세워야하므로 또 홈을 팠다.

이 심초석의 하단 부위를 바로 심은 날이 8월 초열흘이었다. 상단 부위는 근처의 초석들 위에 대강 놓아두었다. 상단 심초석은 대법회를 마치고 부처님 진신사리함이며 부장품을 하단 석혈에 안장시킨 후에야 목도꾼들이 덤벼들어 눌러 덮을 것이었다.

내가 아비지의 사리를 심초석 하단 돌 아래에다 묻은 날이 8월 초 여드렛날 밤이었다.

초여드레의 상현 반달이 제법 동쪽 산 위에 솟아 있었다. 낮 동안 초석 자리에 구덩이를 파던 인부들은 숙소로 돌아간 지 오래였다. 서문 담장 너머에서 막걸리를 마시며 떠들던 사람들도 숙지근하여진 시각이었다.

그동안 간직하였던 작은 비단 보자기를 품에 지니고 나온 나는 탑 자리로 향했다. 희미한 달빛에도 흙구덩이들이 가지런 하였다. 심초석이 놓일 구덩이는 바로 표가 났다. 가운데일 뿐만 아니라 다른 초석 구덩이보다 두 배는 더 큰 구덩이였다.

나는 흙구덩이 아래로 훌쩍 뛰어 내려갔다. 깊이는 나의 가슴에 이르고 넓이는 두 팔을 벌려야 하였다. 내가 선 이 자리가 세세토록 이어질 세상의 한 중심일 수도 있었다. 나는 구덩이의 가운데 바닥을 더 파서 보자기를 묻었다. 그리고 합장으로 예를 올렸다. 아무도 본 사람이 없었다. 동쪽 하늘의 은은한 상현 반달만이 나를 내려다보며 빙긋이 미소 지었을 뿐이었다.

초석 위에 세울 아래층 기둥 64개도 한가위 전에 다 다듬어졌다. 아니다. 나무 기둥은 63개였다.

심초석 위에 세울 기둥은 찰주라 하였다. 이것은 나무가 아닌, 쇠기둥이었다. 층층이 이어며 올라가 맨 마지막까지 솟아 하늘을 찌르며 서 있을 이 중심 쇠기둥인 찰주는 로반 박사가 준비하고 있었다.

그렇다. 이 탑이 완공되면, 맨 아래의 땅 밑 중심에서는 아비지의 머리칼과 손발톱이 불탑을 떠받치고 있을 것이며 맨 위로는 심초석에서부터 뻗어 올라온 찰주의 뾰족한 끝이 하늘을 찌르며 서 있을 터였다.

9.

한가위 전날의 밝은 밤이었다.

고요히 익어가는 달밤을 헤치고 자장율사는 황룡사의 화엄전으로 휘적휘적 산보를 나왔다. 아비지의 숙소 방은 촛불이 꺼진 채 툇마루를 연한 방문이 활짝 열려 있었다. 방문에는 대발이 드리워져 있어 컴컴한 아비지의 방안 동정은 드러나지 않았다.

자장율사는 아비지의 방 앞 툇마루에 걸터앉았다. 잠시 자장율사가 처마 밑에 내려앉은 달빛을 보고 있을 때였다. 등 뒤의 아비지 방안에서 솔잎에 바람이 스치는 듯 잔잔한 소리가 들려왔다.

"국통스님이 아니십니까?"

자장율사는 마당의 달빛을 마주한 채 등 뒤의 소리에 조용히 화답하였다.

"역시 불면 중이시구려. 하시는 일이 막중하실 터인데, 장좌불와로 육신이 배겨나겠습니까?"

"이 허망한 육신으로 어찌 마하의 법계에 좁쌀만 한 점인들 찍겠습니까?"

"그렇다고 대가리도 없고 꼬리도 없는 한 물건이, 또한 무슨 일인들 도우겠습니까?"

"그러니, 할 일 없는 이것이 불면일 수밖에요!"

"옳습니다, 옳습니다! 참으로 제대로 맞아 떨어진 불심의 인연이시구려!"

달빛은 그대로 마당에 노닐었다. 솔숲을 스친 바람이 멀어지듯 자장율사는 툇마루에서 일어나 휘적휘적 달빛을 헤치며 다시 분황사로 향하였다.

10.

선덕여왕 12년 8월.

한가위였다. 황룡사 금당은 월성 궁궐을 옮겨다 놓은 듯하였다. 여왕을 비롯하여 우벌찬 비담, 각간 알천, 이간 김용춘은 물론 조정의 젊은 실세인 김용춘의 아들 김춘추, 6부의 촌장들, 화백회의 의장 등, 신라를 이끌어 가는 인물들이 망라되었으니 그 인물들을 보좌하는 주변인사들 또한 참석하여 법당은 그대로가 조정이었다.

어지간한 왕족이나 귀족, 그리고 늦게 도착한 대신들은 어간문을 활짝 열어젖힌 금당 밖 기단 축대 위의 자리도 감지덕지였다.

황룡사의 뒷담 일대는 시장판이 벌어졌다. 번화한 서라벌 시가지가 바로 옆이라 장사꾼이며 백성들이 일찌감치 일대를 차지하고 좌판을 벌이거나 놀이판을 벌여 시끌벅적하였다. 그리고 황룡사 경내 역시 구경나온 백성들로 들어차 발 디딜 틈조차 없을 지경이었다.

열어젖힌 금당 어간문에서부터 정면 앞 불탑의 심초석까지는 붉은 천을 깔았다. 이번 대법회의 핵심은 심초석에 부처님의 진신사리를 안장하는 것이었다. 하단 심초석 석혈에 사리함이 안장됨으로써 비로소 공식적인 불탑 불사의 시작 시점이 되는 것이었다.

아비지와 나는 흰 비단으로 덮어둔 하단부 심초석 옆에 있었다. 상단부 심초석은 동아줄에 친친 엮인 채 목도꾼들을 기다리고 있었고 주위로는 박사들과 조수들, 그리고 자진하여 선발된 서라벌 백성 50명으로 구성된 목도꾼들이 초석이 깔린 불탑자리 위에서 사리함을 기다리고 있었다.

대법회의 시작을 알리는 범종이 울렸다. 일꾼들의 깊은 잠을 깨운다는 이유로 새벽예불에는 치지 않던 종이었다. 종은 쳤다하면 서른 세 번이었다.

첫 번째 범종소리를 신호로 황룡사 주지실에서 대기하던 승려들이 줄을 지어 금당으로 출발했다.

맨 앞에는 주지였다. 손수 목탁을 치며 길잡이를 하였다. 젊은 스님들이 뒤를 따랐다. 흰 비단보를 덮은 반상을 두 손으로 받쳐 들었는데, 사리함을 선두로 하여 여러 가지의 함께 안장될 보배물품이 그 뒤를 줄지어 따랐다. 그 다음이 자장율사였다. 자장율사는 뒤로 고승 대덕을 이끌며 행보했다.

젊은 승려들이 받쳐 든 사리함이며 보배들은 금당으로 이운되었다.

범종에 이어 법고가 울렸다. 안장될 물품을 장륙존불 앞으로 이운한 승려나 내빈들은 잠깐 북소리를 들으며 선정에 들었다. 이로써 길고 지루하게 이어진 대법회 행사가 시작되었다.

11.

이날의 주인공은 여왕도 아니요, 자장율사도 아니었다. 바로 금합에 모시고 은합으로 감싼 불사리였다. 장륙존불 앞에서 자장율사의 예배를 받는 이 사리가 당나라에서 황룡사로 오기까지에는 얽힌 사연이 있었다.

　나는 뒷날에야 안 일이었다. 길고 복잡한 이야기를 대략요
약하면 이러하였다.

　당나라로 건너가 여러 해째 유학 중이던 자장스님에게 신라
에서 여왕이 보낸 사자가 왔다. 나라가 어지러우니 귀국하여
힘이 되어 달라는 전갈이었다.

　이에 자장스님은 당나라 종남산 운제사의 원향 선사를 알현
하고 하직 인사를 하자,

　"그대 나라는 부인이 왕위에 있어 비록 덕은 있으나 위엄이
없어서 주위 나라들이 신라를 업신여긴 까닭에 전쟁이 그치지
아니하네."

　원향 선사는 신라가 혼란한 원인을 이렇게 진단하면서 가사
1벌, 사리 1백 과, 부처님의 머리뼈 손뼈 발가락뼈, 그리고 다
라 나뭇잎에 쓴 불경을 챙겨 내어 주면서 다시 말했다.

　"고국에 돌아가거든 황룡사에 웅대한 9층의 탑을 세우라.
그러면 이웃 나라들이 항복할 것이고, 구한이 와서 조공하여
왕업이 길이 편안하리라."

　이에 자장스님은 귀국하여 선덕여왕을 배알하였다. 그리고
국난의 원인과 대책은 원향 선사에게서 들은 바를 그대로 고했

다. 선덕여왕은 자장스님에게 국통의 지위를 내리고 왕궁에서 가까운 분황사에 거처하도록 하였다.

이날 사리함에 모신 불사리는 자장율사가 귀국할 때 가져온 1백과 중에서 20과였다. 나머지는 남겨두었다가 뒷날 양산의 통도사, 정선의 정암사를 창건할 때 모셔 안장하게 된다.

12.

법회를 마치고였다. 잠깐 금당에 모셨던 사리함이며 안장 물품들이 다시 심초석으로 이운될 때 내 눈을 사로잡은 물건은 동경, 즉 거울이었다.

심초석으로 올 때는 합장한 자장율사가 맨 앞에 서고 그 뒤를 반상을 두 손으로 받쳐 든 젊은 스님들이 따랐는데, 역시 맨 앞은 사리함이었고, 그 두 번째가 거울이었다. 금당 안에서 햇볕이 내려 쪼이는 바깥으로 나오자말자 번쩍번쩍 빛을 반사하였으므로 눈에 확 들어온 물건이었다.

심초석에는 아비지가 앉아서 기다리고 있었다. 사리함이 붉은 천을 밟고 금당 계단을 내려와서 마당을 지나 다시 불탑자리의 계단을 올라오자 아비지는 심초석 하단를 덮어두었던 하얀 비단보자기를 벗겨냈다.

이런 사리함 안장에 있어서는 아비지만 한 경험자가 없었다. 특히 여유 공간이 빠듯한 석혈에서의 안장 물품 배치에서는 더욱 독보적이었다.

도착한 안장 물품은 순서대로, 서 있는 자장율사의 손을 거쳐 석혈을 차지하고 앉아있는 아비지에게로 전해졌다. 그때 나도 아비지 옆에 쭈그리고 앉아 손이 필요할 때는 돕고 있었다.

사리함을 감싸서 담은 주먹덩이 크기의 은합이 석혈의 한 가운데에 맨 먼저 내려졌다. 그 다음이 거울이었다. 거울은 석혈의 정남쪽 공간으로 들어가서 은합, 즉 사리함을 비추고 있도록 자리하였다. 그리고 그 방향의 석혈 바깥으로는 금당과 장륙존불이 일직선에서 비추어지도록 놓았다. 이 거울의 뒷면에는 둥그런 가장자리를 따라 글자를 새겼는데 서른 세 자였다. 하지만 나는 그 내용은 알지 못하였다.

사리함이야 가운데를 차지하고 있으면 되었지만, 가장 중요한 역할을 하는 보배물품은 거울이었다. 거울이 사리함을 직접 비추고 두꺼운 석혈 바깥 저편의 금당과 장륙존불을 간접으로 마주 비추는 곳에 자리를 앉히자 그 다음의 물품들은 그저 내던지듯 처리가 되었다. 굽은 옥, 수정 반지. 마노 목걸이며 팔찌, 금 귀걸이……. 그리고 그 모든 보배 물품들도 결국 모두

둥그런 거울 속에 담겨 비추어졌다.

이윽고 하단 심초석 위에 상단 심초석을 덮어 올리려고 목
도꾼들이 술렁일 때였다.

내가 문득 아비지께 물었다.

"탑 안의 거울이라면 이것을 말씀하시는지요?"

"이 물건은 거울이 아니니라."

"어찌 뚜렷이 사리함을 비추고 있는데 거울이 아니라 하십
니까?"

아비지가 목도꾼들에게 시선을 던진 채 말했다.

"이 두 눈에 비치는 모든 사물은 아침이슬이니라!"

13.

한참 뒷날, 이날로부터 1천3백 년이 지나고서 안 일이다. 이
날, 사리함을 모신 은합에 함께 넣었다는 게 밝혀진 '9층 목탑
찰주본기'에는 시공법회 날짜를 4월 초파일이라 적고 있으나
이는 정확하지 않다. 아마도 자장율사가 사리함을 완성하고
여기에 사리를 모신 날짜가 이날이 아닐까 싶다. 그렇지 아니
하다면 애초에 4월 초파일에 시공 법회를 하려는 계획을 세웠

으나 뜻대로 아니 된 경우이다.

신라에서는 오래전부터 계획을 세워 놓고 불탑명장인 아비지를 초빙하려 여러 번 금마저로 사람을 보내고 염탐도 하였으나 뜻을 이루지 못하였다. 미륵사 불탑도 완공이 늦어졌거니와 의자왕의 왕명을 받아내는 대도 시간이 많이 걸렸다는 심증을 내가 갖고 있다.

그렇지 않다면 아예 이듬해 4월 초파일을 시공 날짜로 써서 안치 하였을 수도 있다. 이 탑을 그해 찰주를 세우고 그 이듬해에 준공하였다는 걸로 보아 공사 기간이 맞지 아니하다.

4월 초파일은 의미가 깊은 날이다. 석가여래의 탄생일이기도 하거니와 자장율사 본인의 생일이기도 하였다. 하므로 이 날은 상징하는 바가 깊다. 그리하여 자장율사는 준공 법회나마 4월 초파일에 맞추려 서두르기도 하였다.

아무튼.

이리하여 사리함을 심초석에 안치시킨 날은 8월 한가위였다.

어느 날 내가 물었다.

"목탑은 무엇입니까?"

"장작더미니라."

내가 예견했던 대답이어서 또 물었다.

"그렇다면 왜 이리 정성을 드리고 혼신을 다해 쌓아 올립니까?"

"목탁 쳤다. 가서 밥이나 먹어라!"

나는 또 말문이 막혀버렸다.

제8층
목탑은 장작더미니라

1.

2차 단식 사단이 벌어졌다. 시공대법회 다음날 아침부터였다. 한가윗날 황남대로로 나들이 나갔던 박사 일행이 돌아오고서였다.

"아비지, 소문 들었습니까?"

그다지 술기운이 심하지 않던 로반 박사였다. 한가위 다음날까지는 집으로 갔던 신라 장인들이 황룡사로 돌아오는 시간이라 모두 쉬었다. 그리하여 로반 박사며 와 박사 일행들도 공방으로 가지 않고 목 박사와 같이 화엄전으로 들어왔다.

"무슨 소문 말이신가?"

아비지였다. 한가위 오후에도 아비지는 불출이었다. 방안에서 참선이듯 앉아 있는데 어둠이 깔리자 나들이 갔던 박사 일행이 들이닥쳤다.

"이제 백제가 망한답니다!"

"누가 그렇다든가?"

방에서 나온 아비지가 박사 일행을 지대방으로 들게 하며 물었다.

"심각합니다."

"저는 꿈도 꾸었습니다."

"나도 꿈을 꿨어요!"

지대방으로 들어가던 박사 일행에서 볼멘소리가 툭툭 뼈어졌었다.

2.

지대방에서 촛불을 켜고 둘러앉자 와 박사가 먼저 입을 열었다.

"아비지! 사실 저는 간밤에 기이한 꿈을 꾸었어요. 큰 지진이 일어나서 땅이 갈라지는데, 사비성이 우르르 무너지며 갈라지는 땅속으로 사라지는 겁니다. 진땀을 흘리며 눈을 떴지만, 차마 말은 못하고 오늘 시공식 법회를 보았습니다. 그리고 다들 같이 서라벌 구경을 나갔다가 실로 충격적인 이야기를 들었습니다."

"무슨 말을 들었는가?"

아비지의 궁금증에 목 박사가 답했다.

"명절이라 큰길에도 사람들이 많았는데 우리들의 복장이 달랐으므로 어디에서 온 손님들인지 물어보는 사람들이 많았습니다. 우리가 백제에서 왔다고 하니, 친절하게 인사를 하였습니다. 그러다 첨성대 앞에서의 일입니다. 그곳에는 연날리기 대회가 벌어지고 있었는데, 많은 사람들 중에 있던 한 사람이 역시 우리들에게 어디서 온 손님인지 물었습니다."

"아따, 뭔 말이 그리 긴가?"

성질 급한 로반 박사가 목 박사의 말허리를 자르고 나섰다.

"내가 말하지. 우리가 백제에서 왔다하니, 혹여 불탑 지으러 오신 분들이냐고 묻데요. 그렇다고 하니까, 참으로 고맙다고 인사합디다. 그 탑은 불력의 힘으로 백제를 망하게 하려고 짓는데, 백제의 불탑 박사님들이 손수 나섰으니 참으로 수고가 많다는 겁니다."

"참으로 괴이한 소리지 아니한가? 백제를 망하게 하려고 탑을 짓는다니?"

아비지가 의아해하자 로반 박사는 다시 강조했다.

"그 사람뿐 아니에요. 서라벌 사람들은 이미 다 알고 있다는 느낌이 들었어요. 그 다음에는 명활주를 마시려 주점에 갔지요. 관원으로 보이는 사람들이 옆 탁자에 둘러앉아서 마시며 저네들끼리 서로 바르게 안다며 우김질로 떠드는 소리를 들었는데, 아주 구체적이었어요."

"구체적이라니?"

"그러니 백성들의 입에서 입으로 떠도는 소문이 헛소문이 아니라는 뜻입니다. 즉, 탑의 제1층은 백제의 멸망을 기원하는 상징이며, 2층은 고구려, 3층은 왜, 이런 식으로 말갈이다 거란이다 여진이다 하여 9층까지 멸망을 기원하는 나라들이 정해져 있다는 것입니다."

"참으로 사바세계이지 아니한가?"

"그리 도인의 입장에서만 바라볼 일이 아닙니다."

"이 일이 부처님 나라의 장엄을 드러내는 공사가 아닌가?"

"아비지. 저도 실은 간밤에 꿈을 꾸다가 벌떡 일어났어요. 가족이며 친척들이 비명을 지르며 달아나고, 그 뒤를 쫓느라 요괴의 군대가 말을 달리는데 그 말발굽소리에 천지가 진동하였습니다. 필시 이는 크게 불길한 징조임에 틀림없습니다!"

아비지가 별일이 아니라는 듯 덤덤해 하자 로반 박사가 또 자신의 꿈자리도 끄집어냈던 것이었다.

"저도 불길한 꿈을 꾸었어요."

로반 박사 조수였다.

"나도 그랬어요!"

목 박사의 조수였다. 입을 닫고 있었던 조수들마저 불안해 하자 목 박사가 다시 나섰다.

"명절로 집에 갔던 인부들이 돌아오면, 아래층 기둥 세우는 것으로 일이 시작됩니다. 1층은 백제를 상징한다고 똑똑히 들었습니다. 저의 손으로 그리할 수는 없습니다. 제가 알아버린 이상 이 일은 하지 못하겠습니다."

"그럼, 어찌하실 텐가?"

아비지가 목 박사한테 물었다.

"지난번처럼 단식에 들어 귀국 요구를 하겠습니다."

그러자 로반 박사도 나섰다.

"저도 일이 시작되면 맨 먼저 심초석에 찰주를 세워야 하는데, 일을 하지 못하겠습니다. 심초석이 1층입니다. 1층은 백제라는데 어찌 내 손으로 찰주를 세우겠습니까?"

"저도 뜻을 같이 합니다."

"나도 그렇습니다!"

불탑 불사는 모두가 한 뜻이어야 뜻을 이룬다고 하였다. 이로하여 9층 목탑은 사리함만 안장시켰을 뿐, 공사는 옆에 쌓아

둔 기둥 하나도 세워보지 못한 채 중단되고 말았다.

3.

용강 목수로 통하는 나의 부친을 만난 건 한가위 다음날인 8월 열엿샛날 저녁이었다.

박사들은 그날 새벽예불 이후부터 금당 안, 법당에서 장륙존불을 마주하고 두 줄을 지어 앉아 단식으로 불사 거부를 하고 있었다. 두 명씩 석 줄이었고 맨 뒤에 아비지도 동참자리를 마련하였다. 나도 아비지 옆에 좌복 하나를 깔아 두었으나 오래 앉아있을 입장은 아니었다.

첫날은 공식적인 휴일이었으므로 누가 방문하여 단식의 연유를 묻는 사람도 없었다. 다만, 휴가에서 돌아온 신라 장인들이 수상한 분위기를 파악하고 금당으로 몰려와 삼삼오오 수군대며 사태를 짐작이나 하였다.

"석우 아이가, 내 좀 보제이?"

어두워지는 저녁이라 상단에 촛불을 밝히고 금당을 나오는데 나직이 나를 불렀다. 확인하지 않아도 나는 알았다. 아버지였다. 움찔 놀라다가 나는 이내 안도하였다. 나와 용강 목수가 부자간이라는 것을 아는 사람이 있을 리 없었다.

나는 목례로 답하고 아버지가 부르던 금당 계단 밑으로 내려갔다. 옆에 여러 사람들이 있었으나 신경 쓰이지는 않았다. 아버지는 나를 이끌어 사람들의 시선이 비켜난 곳으로 이동하였다.

"어무이는 잘 계시는교?"

내가 먼저 나의 모친인 해수야의 안부부터 물었다.

"하모. 니가 백제에서 안 죽고 씩씩하게 잘 살아 있다캤더니, 니 에미가 좋아서 팔짝 뛰더라."

그 말만 듣고도 모친 해수야의 안도하는 모습이 눈에 선했다. 그리고 내 눈에는 이슬이 맺혔다.

"니 소식을 백제에서 온 사람한테 들었다캤더니 이것을 그 사람한테 선물로 주라카며 주던데, 니가 받아 두거라!"

아버지가 적삼에서 꺼낸 것은 허리춤에 차는 작은 비단 복주머니였다.

"이 비단은 이번에 드린 거 아닌교?"

"그래, 하모. 이 비단 반 필은 그 백제 사람이 선물로 주더라캤더니, 고맙다고 잠도 안자고 이걸 만들었데이!"

나는 복주머니를 만지고 또 만져 보았다. 어머니의 손을 만지고 있는 느낌이었다. 역시 바느질은 마을에서 최고인 솜씨였다. 보고 싶었고, 눈물이 앞을 가렸지만 참았다. 백제의 금마저에서 나는 아직도 강제노역을 하고 있다며 참았다. 그리 생각하자 마음은 평상으로 돌아왔다.

"그래, 그럼 갈란데이."

아버지는 걸음을 돌리려다가 다시 돌아봤다.

"돌쇠야!"

다시 나를 돌쇠라고 부르는 아버지가 듬직하였다.

"예."

"버티다가 버티다가, 정 못 버티겠거던 아비를 찾아래이?"

그 말에 말라가던 눈물이 다시 빙글 돌았다.

4.

8월 열이레였다. 황룡사 금당의 낮 예불에 자색 관복의 용춘공과 황색 관복의 신료 두 명이 참배했다. 평일의 낮 예불에는 참석을 하지 아니한다는 자장율사도 나타났다. 그리고 아비지며 백제 박사들은 여전히 법당의 한가운데를 조금 비켜난 곳에서 줄을 지어 앉아 있었다. 간밤 새벽녘에는 기온이 썰렁하여 내가 각 방에서 이불을 가져와 일일이 어깨에 덮어 주었었다.

특별할 것이 없었던 평일 낮 예불을 마치자 젊은 승려들과 고승은 평소처럼 법당을 빠져 나갔다. 용춘공과 자장율사는 박사들을 마주하고 다시 앉았다. 황룡사 주지며 용춘공을 보좌하는 두 신료도 양 옆으로 줄을 지어 마주 앉았다.

"명절을 잘 쇤 것 같지 않소이다?"

자장율사가 합장으로 박사들에게 인사말을 건넸다.

두 줄로 앉은 박사들은 좌선처럼 시선을 내려 깔고 있을 뿐 아무도 입을 열지 않았다.

무거운 분위기가 감돌자 용춘공이 침묵을 깼다.

"어찌 또 이리 앉았소이까. 어제 하루 공양도 하지 않았다고 들었습니다. 무슨 곡절입니까?"

박사들이 꿈쩍도 하지 않자 용춘공은 뒷줄로 시선을 돌렸다.

"아비지! 지께서도 말씀이 없으십니까?"

"우리 로반 박사께 연유를 물어보시지요?"

주저 없는 아비지의 말에 용춘공의 시선이 움직였다.

"로반 박사님! 이리 굶고 앉으신 연유가 무엇입니까?"

그제야 로반 박사가 입을 열었다.

"긴 말 하지 않겠습니다. 이 불탑이 백제 멸망의 염원으로 지어진다는 것을 알았습니다. 우리는 백제 인입니다. 이에 두 말이 필요하겠습니까?"

로반 박사의 말은 평소와 다르게 무겁고 비장하였다. 듣는 사람들 누구도 함부로 입을 열 분위기가 아니었다. 약간의 정적이 흐른 후 자장율사가 입을 열었다.

"어디서 해괴한 소문을 들었나봅니다. 이 일은 부처님의 일입니다. 불가에서는 파리 목숨도 함부로 해치지 말라고 가르치거늘, 어찌 한 나라를 멸망시키고 그 백성들을 살생하겠다며 불탑을 짓겠소이까?"

로반 박사가 자장율사의 말을 막듯이 나섰다.

"우리는 국통스님의 설법을 들으려고 이리 앉아있는 것이 아닙니다. 이제 입은 닫겠으니, 자비로 살펴주시기 바랍니다."

이로써 대화는 끊겼다. 용춘공이 입을 닫은 로반 박사에게 말을 붙이려다가 아니 되자 아비지에게 다시 시도하였다.

"아비지!"

용춘공이 말을 시키려고 부르자 아비지가 선수를 쳤다.

"이 문제의 해답은 이미 공께서 가지고 계실 것입니다."

이렇게 던진 한마디 이후 아비지 역시 옅은 미소만 깨물었을 뿐 입은 열지 않았다.

5.

8월 열여드레 새벽에는 금당에 앉아있던 박사들이 모두 지대방으로 자리를 옮겼다. 사흘째의 단식으로 기력이 쇠진하여 더는 앉아서 버틸 몸이 아니었다. 그렇다고 법당 안에서 자리를 깔고 드러눕기도 민망하였다. 지대방으로 자리를 옮기자 박사들은 방 가운데의 다탁을 치우고 아예 드러누웠다.

아비지만은 달랐다. 좌복에 불상처럼 앉아있는 모습이 참으로 어울렸다.

아침에는 황룡사 주지가 찾아왔다. 좁쌀죽을 담은 함지며 그릇을 든 행자들을 앞세우고서였다.

"절에서 공양 배달은 처음 합니다. 오늘, 박사님들을 위해 특별히 출동하였으니 성의를 봐서라도 한 술 뜨십시오."

주지스님이 정성껏 성의를 베풀려 하였지만 박사들은 합장으로 인사만 하였을 뿐 이내 외면했다. 주지스님의 표정이 머쓱해지려 할 때 아비지가 나섰다.

"스님의 자비가 이렇듯 지극한데 중생들이 절에서 굶어죽기야 하겠습니까? 오늘 죽을 물려주시면 내일 아침부터는 공양을 하도록 의논해 보겠습니다."

"나무 관세음보살!"

그 말에 주지스님은 합장을 한 후 다시 행자들을 앞세워 돌아갔다.

용춘공은 오후에 찾아왔다. 황색 관복의 하급신료 두 명을
거느리고서였다.

"이러다 정말 귀한 박사님들을 잡겠소이다. 우리 여제께서
박사님들이 단식으로 농성한다는 것을 아시고 걱정이 태산이
십니다. 도대체 누구 입에서 해괴한 소리가 퍼져나갔는지 당
장 그자를 찾아내서 처단하라고 불호령을 내렸소이다. 그러니
요기라도 하시면서 며칠 말미를 주십시오. 우리의 뜻이 결코
불순하지 않다는 것을 조만간 증명해 보이리다!"

박사들의 반응은 역시 시큰둥하였다. 용춘공의 등장에 잠시
누웠던 자리에서 예만 표시하였을 뿐 이내 드러누워 외면하였
다.

"아비지께서도 굶어서 이승을 하직하려 하십니까?"

"아닙니다. 오늘까지는 버틸만합니다."

"그러면, 내일부터는 공양을 하시겠다는 뜻입니까?"

"우리가 굶어서 죽어야할지 말지의 해답은 공께서 주셔야지
미련한 제가 무슨 힘인들 있겠습니까?"

"이런, 이런. 하하하. 아비지께서 이리 말씀하시니 내가 또
골치 아프게 생겼소이다 그려!"

안도하는 듯 용춘공은 웃기도 하며 느긋한 표정을 지었다. 사실 박사들의 단식 농성으로 바빠진 사람은 용춘공이었다. 박사들이야 먹건 말건 공양간에서 아침저녁으로 죽을 끓여놓게 입질을 하는 사람도 용춘공이었고 2백 명이나 되는 인부들이 일을 하는 둥 마는 둥 몰려서 쑥덕질 하는 것도 다스려야 하는 사람도 용춘공이었다.

6.

"어떤가? 이쯤 하였으니 내일 아침부터는 죽이라도 한 술 떠넣는 게 어떠하겠는가?"

용춘공도 다녀간 뒤의 조용해진 초저녁이었다. 좌복 위에 불상처럼 앉아있던 아비지가 주위에 흩어져 누웠거니 기댔거니 하고 있던 박사들을 둘러보며 입을 열었다.

"이제 두 손 들고 나가서 항복을 하자는 말입니까?"

베개를 받치고 벽에 기대어 있던 로반 박사였다.

"그럼 정말 이대로 굶어 죽기라도 하겠다는 것인가?"

"저도 곰곰이 생각을 해봤는데, 이리 큰 불사를 벌여놓고 우리를 돌려보낼 리 없겠지요. 그러니 여기서 이대로 죽기라도 해야 백제가 화를 면할 것이고 또한 우리 가족들도 안전할 것입니다."

아비지는 잠깐 끄덕여주었다. 그러다 이내 침착하게 입을 열었다.

"내가 지난번에 장인의 도를 말했으니, 그 이야기는 또 하지 않겠네. 내가 처음부터 단식 농성을 말리지 않고 동참하였던 것은 우리의 뜻이 하나라는 것을 드러내기 위함이었네. 이는 신뢰의 문제이니까. 그러나 부처의 일을 하면서 불국의 입장에서 바라보면, 이는 참으로 작고 하잘 것 없고 허망하기 짝이 없는 일이네."

"이 거대한 불탑 불사가 어찌 작고 허망한 일이며 백제 사람이 백제의 멸망을 염려하여 단합하는 모습이 또한 어찌 하잘것 없는 일입니까?"

"풀잎에 맺힌 아침이슬 같은 것이네."

"그렇다면 이 일에 신명을 바칠 이유도 없지 않습니까?"

"우리가 이나마도 장엄을 하지 아니한다면 누가 불국이 있음을 알기라도 하겠는가? 다만 문제는 불국의 일을 하는 사람들의 마음이 너무 가벼이 흔들린다는 것이네. 혀에 휘둘리고 귀에 휘둘리고 생각에 휘둘리니 이것이 온갖 번뇌 아닌가?"

"백제 멸망의 염려를 번뇌라 하십니까?"

"그 분야는 정치하는 사람들이 따로 있네. 백제가 멸망하고 아니하고는 정치하는 사람들이 알아서 할 일이네. 마찬가지로 장인들이 저마다 하는 일에 몰두하는 것은 집착이 아니라네. 그것은 정진이며 집중이니 도라고 해야 할 것이네. 그러나 일을 하는 중에 떠오르는 잡념은 번뇌일세. 이런 번뇌에 집착하면 그게 무엇이건 몸과 마음이 괴로운 법이네. 이번의 문제는 우연히 귀로 들어온 소리에 그대들이 집착을 하였으니 며칠 배가 고팠다네.”

“꿈도 꾸었습니다. 여러 사람이 다 꾸었어요!”

“그 또한 무의식으로 들어온 허망한 상인데, 집착하였으니 번뇌일세. 그로 하여 그대들의 마음이 괴로웠다네.”

로반 박사가 수긍하듯 입을 닫았다. 지대방에 잠깐의 침묵이 흐르자 목 박사가 나섰다.

“듣고 보니 과연 그렇다는 생각이 듭니다. 아비지께서는 도통하여 하산한 큰스님이 분명하신 겝니다.”

“하하. 그리 들었다면 다행일세. 그럼 내일부터는 죽이라도 한 술 뜨며 기다려보는 게 어떠할까?”

짐짓 농담처럼 던진 아비지의 말에 더는 이유를 다는 사람이 없었다.

7.

용춘공은 그날에서 다음날 새벽이 되도록 바빴었다. 박사들이 허기와 무기력으로 혼곤한 잠에 떨어져 있던 시각이었다.

나는 단식농성에서 자유로웠으므로 지대방에 앉아 있거나 나의 방에서 누워 자거나 마음대로였다. 초저녁에는 허기로 잠깐 내 방에서 잠이 들었다. 몇 시쯤인지, 지대방이 궁금하여 나왔다가 이상한 낌새를 느꼈다. 왠지 깊은 밤의 분위기가 어수선하고 동금당 용마루 위로 불빛이 하늘거렸다.

궁금증으로 무심코 동금당을 돌아나가다가 걸음을 멈추었다. 불탑 자리였다. 횃불을 밝히고 사람들이 일을 하고 있었다. 발소리조차 죽이고 있음이 분명하였다. 어쩌면 목도로 기둥을 옮기거나 세우는 인부들은 숨소리조차 내지 않기로 한 것 같았다. 초석 위에는 기둥들이 벌써 우뚝우뚝 서 있었다.

"나 좀 보세!"

동금당 모서리의 어두운 벽에 붙어 서 있던 한 사람이었다. 어둠 속에서 문득 나타나 나의 어깨를 툭 치며 목소리를 낮추어 말하고는 나를 중문 쪽으로 이끌었다. 횃불 빛에 보니 황색 관복의 용춘공 보좌 관리였다. 황색 관복이 나를 데리고 간 중문 앞에는 용춘공이 다른 황색 관복과 함께 도둑질처럼 진행하는 기둥 세우기를 지켜보고 있었다.

"그대가 나타나리라 예상하고 있었네. 박사님들은 주무시는가?"

"예."

용춘공이 목소리를 낮추었으므로 나도 낮추었다.

"박사님들을 안 굶겨 죽이려고 이렇게 밤일을 하네. 맨 아래층을 백제 멸망의 상징 층으로 보고 백제의 목 박사가 제 손으로 기둥을 세우지 못하겠노라 하였으니, 아래층 기초 기둥은 우리 손으로 세울 수밖에 없지 아니한가?"

"아비지께서도 이 일을 알고 계십니까?"

"자네 부친도 동의하는 일이니 입 꾹 닫고 있게."

2백여 명의 신라 장인들이 전부 동원된 모양이었다. 일렁거리는 몇 개의 횃불 빛을 받으며 개미떼처럼 일사분란하게 움직이고 있었다.

"아, 참 그리고!"

용춘공이 문득 중요한 할 말이 있는 듯 내 시선을 잡았다."

"예, 말씀 하시지요."

"이 일은 알거나 본 사람이 아무도 없을 터이네. 우리 신라 장인들도 모르는 일이고, 우리 신료들도 전혀 모르는 일이라네. 그러나 자네 한 사람만큼은 보아서 아는 일이어야 할 것 같네."

"그게 무슨 말씀이십니까?"

"아비지께서는 알고 있지만 말은 못할 것이네. 그러나 다른 박사님들은 궁금해 할 거 아닌가? 그러하니, 박사들이 내일, 이 일의 연유를 묻거들랑 두 눈으로 똑똑히 보아서 안다고 하고 이렇게 대답을 해 주게."

"말씀해 주십시오."

"으음-. 밤중에 금당의 문을 열고 스님 한 분과 장사 한 분이 나오더니, 곧장 땅을 쿵쿵 울리며 이곳으로 걸어 와서 순식간에 기둥을 세우고는 다시 금당으로 들어갔습니다. 이렇게, 직접 본 것처럼 말 좀 해주게."

"아비지께서 동의하시는 일이라면, 분부대로 하겠습니다. 염려 놓으십시오!"

"그래, 그러시게. 박사님들은 살려놓고 보아야하지 않겠나?"

나는 합장으로 용춘공에게 인사를 하고 바로 화엄전으로 돌아왔었다.

8.

8월 열아흐레 아침이었다. 첫 번째 공양 목탁 소리가 들릴 때 나는 기다리고 있다가 다가가서 지대방 문을 열었다.

"밤새 기이한 일이 벌어졌습니다!"

나는 짐짓 들뜬 듯 목소리를 조금 높였다. 기력이 쇠진하여 혼곤한 아침을 맞고 있던 박사들이 물끄러미 나를 바라보았다.

"불탑 기둥들이 다 제 자리에 우뚝우뚝 서 있습니다. 심초석에 찰주도 세워져 있습니다!"

"무엇이라?"

자리에서 몸을 벌떡 세우던 로반 박사는 정신을 바로 차린 얼굴이었다.

"설마?"

목 박사는 반신반의 하는 표정이었다. 와 박사며 다른 조수들도 이게 무슨 소린가, 하고 내게로 시선을 집중하였다.

"나가 보십시오. 불가사의한 일이 벌어졌습니다."

"어디, 나가보세!"

아비지가 먼저 좌복에서 일어나 앞장을 섰다. 박사들이며 조수들도 기진한 몸으로 뒤를 따랐다.

동금당 모퉁이를 돌아 나가던 사람들이 입을 떡 벌리며 눈이 휘둥그레졌다. 그리고 천천히 자신들의 눈을 의심이라도 하듯 확인을 하며 불탑 자리로 다가갔다.

"햐, 이럴 수가?"

"밤새 이게 웬일인가?"

눈으로 확인하고도 도저히 믿지 못 하겠노라며 박사들이 세워진 기둥 주위를 돌아볼 때 내가 좀 큰 소리로 말했다.

"꿈인지 생신지, 하여간 저는 똑똑히 보았습니다!"

"이 기둥 세우는 일을 봤단 말이지?"

로반 박사였다.

"예."

"누구였나?"

"한밤중에, 금당의 문이 열리고 컴컴한 안에서 노승과 체격 큰 장사 한 사람이 걸어 나와 땅을 쿵쿵 울리며 불탑 자리로 가더니, 이 큰 기둥들을 마치 젓가락 다루듯이 옮기고 세우고 하더니 금방 다시 땅을 쿵쿵 울리며 금당으로 들어가 버렸습니다."

"무엇이라?"

"땅을 쿵쿵 울리며 걸었다?"

박사들이 놀라워하자 아비지가 농담처럼 뱉었다.

"부처님이 사천왕들을 동원 시켰나 보네!"

"그런가 봅니다. 이건 사람이 한 일이 아닙니다. 부처님의 뜻이라면 누가 거역 하겠습니까?"

"정령 그러하다면 부처님 전에 예배드리고 죽이나 먹으로 갑시다!"

"아, 부처님이 백제를 돌아보지 않으시는가 보네!"

누구도 더는 딴 말이 없었다. 이로 하여 단식농성 사단은 끝이 났다.

『삼국유사』에서는 이날의 일을 다음과 같이 기록하고 있다.

> 처음 찰주를 세우는 날에 아비지는 본국 백제가 멸망하는 모습을 꿈꾸었다. 곧 의심이 나서 일손을 멈추었는데 갑자기 큰 지진이 나서 어두 컴컴한 속에서 한 노승과 한 장사가 금전문(金殿門= 금당문)에서 나와 곧 그 기둥을 세우고 노승과 장사는 사라져 보이지 않았다. 아비지는 이에 마음을 고쳐먹고 그 탑을 완성하였다.

이 문장을 보면 그렇다. 당시의 일을 훗날에서야 기록하는 기록은 참고일 뿐 백이면 백 다 믿을 바가 못 되는 것이다.

다른 책의 기록도 그러하다. 새나 파충류처럼 큰 알에서 부화되었다는 인물들의 기록도 있다. 박혁거세며 주몽이며 김수로, 김알지 등이 그러한데 이 역시 어찌 다 믿겠는가. 앞서 살다간 사람들의 기록이 이러니 뒤따라가는 범부들로서는 미루어 짐작하는 일이 참으로 어렵고 헷갈리는 것이다.

이뿐 아니다. 어떤 사람은 처녀의 자궁에서 태어났다 하고 어떤 사람은 동굴 속에서 마늘만 먹었던 곰의 뱃속에서 태어났다고 하는가 하면, 또 어떤 사람은 태양의 아들이라고 떠들어 댔다.

이런 허황된 기록은 거울에 비치는 것에만 집착하였던 무명의 범부들이 꾸며내는 발상이다. 한 가지가 아니면 전부 믿을 바가 못 되고 한 가지가 맞으면 나머지도 다 믿어지는 것이 세상의 이치이다. 그러니 우리는 한 가지가 맞는, 그 확실한 것에 마음을 의지하는 수밖에 없다.

선한 것도 생각하지 말고 악한 것도 생각하기 이전의 본래 마음바탕이 불멸의 그 한 자리라고 하였다. 뒷날 아비지가 나에게 일러준 영원한 마음자리다. 이 불멸하는 본래의 마음자리를 아비지는 '진리의 몸체'라고도 하였고, 이 자리를 일러 '마음의 거울'이라고도 하였다.

수시로 변하여 믿을 만한 것이 없는 현세에서 우리는 처박아 둔 줄도 모른 채 방치하고 있는 오래된 거울을 찾아보는 것도 나쁘지 않으리라.

9.

중단되었던 불탑 불사가 본격적으로 재개되던 날이었다. 아버지가 현장에서 살다시피 하며 지켜보았으므로 나도 그 주변에서 보내는 시간이 많았다.

"석우야!"

문득, 슬쩍 부르는 소리에 돌아보니 용강 목수, 즉 나의 부친이었다. 사람 많은 곳에서는 여전히 이목이 염려되어 나는 조심스러웠다.

"어떠노?"

아버지는 뭔가를 자랑하고 싶은 눈치였다. 잔뜩 웃음을 깨문 두 입술 사이로 벌름한 잇몸이 삐어졌다.

"뭐가요?"

"이번 야간일 말이데이. 이 애비가 생각해낸 기다!"

"그러면, 노승과 장사도 아버지 생각인가요?"

"그런 거는 모르겠고, 기둥하고 찰주 세운 거 말이데이. 우리의 은인이신 아비지께서 궁지에 몰린 거 같아 내가 생각해냈고 우리 대목장이 용춘공께 아뢰어 그 일이 성사되었제!"

나는 그제야 끄덕였다. 그날 비밀스럽던 밤일의 내막이 이로써 뿌리가 드러났던 것이었다. 아버지는 내게 다가왔던 것처럼 문득 멀어지기 전에 또 자랑삼아 내세웠다.

"글치만 신라 장인들은 그 일을 했던 사람이 아무도 없데이.
그 일을 본 사람도 아무도 없데이!"

그러나 나는 알았다. 이 말은 용춘공의 머리에서 나왔다는
것을……

목탑이 거의 다 올라갔을 때였다. 내가 아비지께 물었다.

"불탑이 무엇입니까?"

"허공이니라!"

역시 아비지는 덤덤히 답하였다.

"이 높고 웅장한 것을 어찌 허공이라 하십니까?"

"그 답은 네놈이 스스로 찾도록 하여라!"

제9층
불탑은 허공이니라

1.

그해 겨울은 그리 춥지도 않게 지나갔다. 인부들이 죽거나 크게 다친 사고도 없었다. 꽃들이 만발하여 새로운 봄이 무르익던 날이었다. 금당의 기단 축대에 서서 4층의 기둥 세우는 현장을 쳐다보던 아비지 옆에서 잡담을 하던 중에 내가 무심코 말하였다.

"부처님의 자비로 향기롭고 따뜻한 봄을 맞았습니다."

"이놈아!"

아비지가 문득 나를 찌르듯이 불렀다.

"예."

"부처 욕보이지 마라. 그런 것은 부처님의 자비가 아니다."

"그러면 하늘의 자비입니까?"

내가 무심코 한 말로 하여 아비지가 나를 질책하듯 불렀다는 것을 알았다.

"이놈아, 부처건 하늘이건 자비심이란 건 없느니라."

"어찌해서 그러합니까?"

"만약 그러하다면, 태풍이 불거나 폭우가 쏟아져 지붕이 날아가고 사람이며 축생이며 온갖 것이 물에 떠내려 갈 때는 그럼 어찌 하겠느냐? 부처님이 진노했다고 하겠느냐?"

"진노할 수도 있지 않겠습니까?"

"진노하는 것이라면 부처가 아니다. 하늘 또한 아니니라. 저 끝없이 높고 창창한 창공이 어찌 스스로 진노할 수 있겠느냐. 진노하는 것은 사람일 뿐이니라. 그러니 자비심 또한 사람의 마음이 내는 것이니라."

나는 아비지의 이 말에 또 크게 깨우쳤다.

2.

황룡사에 거대한 9층 목탑이 올라가면서부터 신라의 장군 김유신은 승승장구하였다. 우연의 일치인지도 모른다.

그해 9월 이전에 소판蘇判이었던 김유신은 상장군으로 임명

되어 백제 원정군 최고 사령관이 된다. 그리고 전략적으로 요충지였던 가혜성 등 의자왕에게 빼앗겼던 국경의 7개 성을 점령하였다.

이후에도 김유신은 매리포성 등, 가는 곳마다 연전연승이었다. 그리하여 사기가 꺾인 백제군의 신라 공격이 뜸하여졌다. 이러하기까지는 물론 김유신 군대의 용맹함이 우선이지만, 서라벌 백성들은 불탑으로 인한 불력의 기운이 주변국들의 기세를 짓눌렀기 때문이라고 믿었다.

3.

이해 11월에는 당나라의 태종 이세민이 직접 30만 대군을 이끌고 고구려를 침공하였다. 견고하던 요동성이 함락되자 고구려의 연개소문은 신라에 지원병을 요청하기에 이르렀다.

신라의 입장은 난감하였다. 당 태종이 친정으로 나선 전쟁인데 고구려에 지원병을 보냈다가는 당나라의 보복이 두려웠다. 그렇다고 다급한 고구려의 요청을 무시하였다가는 또한 연개소문에게 어떠한 보복을 당할지 모를 입장이었다.

이때 선덕여왕은 고심 끝에 지원병 3만을 결정하고 김유신을 선봉에 세우면서 참전시간을 끌도록 당부하였다.

신라 지원병이 느린 걸음으로 고구려를 향해 갈 때 당 태종은 안시성 전투에 몰두하고 있었다. 안시성의 성주는 양만춘 장군이었다. 고작 4만의 병사로 당나라 대군과 맞서고 있었는데, 결국 신라군이 당도하기도 전에 양만춘은 대승을 거두었고 당 태종 이세민은 눈에 화살을 맞은 채 대패를 하고 돌아갔다.

불탑이 장인뿐 아니라 모든 신라인의 지극한 정성으로 8층을 지어 올리고 있을 때였다. 이 대전으로 하여 당과 고구려는 국력 손실이 막대하였으나 신라는 전쟁을 치른 두 나라 간에 명분을 얻었으면서도 병사 한사람 다치지 않았다. 결과가 이러하자 서라벌 백성들은 이 역시 불탑의 오묘한 위력이라고 믿었다.

이뿐만 아니었다. 김유신이 3만 대군으로 고구려 지원에 나섰다는 사실을 안 백제의 의자왕은 이 틈을 타 얼마 전 잃었던 요충지의 성들을 다시 점령하였다.

병력 손실이 없이 서라벌로 돌아왔던 김유신은 백제의 침공 전황을 듣게 된다. 말안장에서 내려 물 한 모금 제대로 못 마신 김유신은 이내 선덕여왕의 명을 받고 출격하여 또다시 점령당하였던 7개성을 재점령하였다. 연전연승이었다.

신라인들은 의당 김유신을 칭송하였다. 그러나 이 모든 승전의 기운은 불탑에서 비롯되는 불력이라 믿고 의심하는 사람이 없었다. 그리하여 불탑 건립에 소요되던 막대한 비용이 고관대작의 재물 창고에서 스스로 황룡사로 향했고 백성들의 투박한 손에서도 아낌없이 보시되었다.

뒷날, 신라의 백성들은 김유신과 황룡사의 9층 목탑을 따로 생각하지 않았다. 국운을 품은 웅장한 목탑과 깊은 인연으로 맺어진 영웅이라 믿었다.

목탑이 기초불사를 하기 이전까지의 세월은 김유신에겐 기다림의 시간이었다. 장군은 나이가 49세에 이르도록 직위가 특별하지 못 하였다. 그러나 불사가 본격 진행되면서 소판의 직위에서 상장군(644년)에 올라 이후 연전연승하며 해동 삼국을 통일하기까지 하였다. 『삼국사기』에서는 '평생 단 한 번도 패한 적이 없는 장군'이라 기록하고 있다. 그리고 그의 직위는 승승장구하여 신라에서는 유일한 최고 벼슬인 '태대각간'이 되었다가 뒷날 다시 위엄을 더하여 '흥무대왕'이라는 왕의 칭호까지 받았다.

하여 신라인들은 훗날까지 김유신을 이렇게 기억하였다.

거대한 불탑의 기운을 한 몸에 받은 신과도 같은 큰 영웅,

이라고.

4.

또 한 해가 흘렀다. 새로운 봄이 또 무르익었다. 탑은 이제 아득히 치솟았다. 와 박사는 9층 지붕에 기와를 덮고 있었고 로반 박사는 허공으로 삐어져 하늘을 찌르며 서 있는 찰주의 마지막 부분 공정에 매달려 있었다.

나는 고소공포증으로 하여 공사 중인 9층까지는 올라 가보지도 못하였다. 5층만 올라가도 아래를 내려다보면 까마득하여 탑이 흔들리는 듯이 어지러웠고, 허공에 바람이라도 불면 무너질까 두려워서 얼른 내려와졌다.

자장율사는 석가탄신일인 4월 초파일에 불탑의 완공 법회를 봉행하려 계획하고 있었다. 이날은 자장율사 본인의 생일이기도 하였다. 그러나 요청을 받고 그 날짜에 맞추려 서둘던 로반 박사가 주물 작업에 실패하였다. 다시 거푸집을 만들고 보개며 보주의 형태를 뜨려면 여러 날이 소요된다고 하였다. 하여 4월 초파일의 완공법회는 이미 물 건너 가버렸다.

5.

아비지가 사라지기 며칠 전이었다. 여전히 불면 중인 아비지였지만 잠자리를 펴고 개키고 하는 일은 내가 해야 하는 일이었다. 그날 저녁, 내가 이부자리를 펴고 있을 때 아비지는 지대방 앞의 툇마루에 오롯이 앉아 있다가 내가 방에서 나오자 불러서 옆에 앉혔다.

"네놈도 생각이 있겠지만, 앞으로 어찌 할 터이냐? 이제 곧 여기 일은 끝이 난다."

"저는 이미 아비지를 모시고 따라다니며 불탑 짓는 일을 익히기로 작정하였습니다."

"그래. 생각은 기특하다만, 너는 이 일을 하기에는 아직 이르다."

"저도 올해 열아홉인데 어찌 이르다 하십니까?"

"그러니 너는 아직 청춘이니라. 대장부로써 해 볼만 한 일을 하여 그 일을 마친 후에, 그러니까 장부로써 해야 할 일을 다 하고 마친 후에, 그리하여 아무 할 일이 없어졌을 때, 그때 비로소 이 불탑 짓는 일을 배워도 늦지 아니 하니라."

"그러면, 장부가 먼저 해야 한다는 일은 무엇입니까?"

"머리 깎고 승려가 되는 일이니라!"

왠지 뜨끔했다. 그러나 전혀 생경한 말도 아니었다. 여기는 사찰이고, 불국이고, 불탑 불사이고, 이 모든 것들이 몸에서부터 저절로 우러나오는 아비지였다. 나는 백제에서부터 출가를 생각하였었다. 아비지가 금마저 미륵사에서,

'절에서 살아 볼 생각은 없느냐?'

하고 넌지시 물었을 때부터였다. 아비지는 속으로 나에게 출가를 권하고 있었다. 나 역시 속으로 흥미를 느끼고 있었다. 그리하여,

'내가 누구인고?'

하는 참구에 빠져보기도 하였던 거였다.

"그렇다면 먼저 스님이 되어야 불탑을 지을 수 있다는 말씀인지요?"

"그렇지 않다. 스님이 아니라 부처가 되어야 불탑을 지을 수 있느니라!"

나는 또 말문이 막히고 머릿속이 멍멍하였다. 급박한 나의 상태를 알아차린 아비지가 다시 입을 열었다.

"중생지견으로 어찌 불탑을 짓겠느냐. 그렇다고 불지견을 내는 게 또한 어려운 일이 아니다. 네놈 또한 원래가 부처이니 네 성품만 바로 알면 그게 바로 더함도 덜함도 없는 부처이니라!"

"알겠습니다."

"출가를 하겠느냐?"

"예! 지금은 참으로 어려운 말씀이니 이 불사가 끝나는 대로 꼭 그 공부를 하도록 하겠습니다."

"그럼 되었다. 들어가서 쉬어라!"

이로써 나는 주저하지 않고 아비지한테 승려가 되겠노라 약속을 하였다. 이때 이미 끝분이는 나에게 희미한 그리움으로 자리하고 있었다.

6.

4월 초파일 아침부터 아비지는 햇수로 3년여에 걸쳐 지키던 3불계를 해제하였다. 불탑의 본체는 공정이 완료되어 뒷정리만 남았고 로반 작업은 허공에 세운 찰주에 보개며 보주만 올려 안치하는 과정만 남아 있었다.

초파일 밤이라 박사며 조수들이 신라의 조수들과 어울려 서라벌 시가지로 나들이를 나가서 돌아오지 않고 있던 때였다. 촛불을 켜고 빌려다 놓은 불경을 혼자 읽다가 문득 궁금한 생각이 들었다. 예전에도 품었지만 풀리지 아니하는 궁금증이었다. 내가 불탑이 무엇이냐고 물어볼 때마다 같은 대답이 없이 아비지는 이리저리 말을 둘러대었었다. 이제 며칠 후 회향을 하면 아비지와도 헤어져 머리를 깎겠다고 약속한 마당이었다.
그 전에 이 궁금증을 다시 한 번 정리하고 싶었다.

나는 자리를 박차고 나가 아비지 방의 툇마루 쪽 방문 앞에
섰다.

"들어오너라!"

내가 인기척도 하기 전에 아비지가 먼저 알았다. 3불계를
해제한다고 하였지만 아비지는 내가 깔아둔 이부자리 위에 앉
아 여전히 좌선에 들어있었다. 은은한 촛불 빛에 향냄새가 배
어있었다.

방에 들어가서 나는 모처럼 삼배로 스승에 대한 예를 올렸
다. 그리고 무릎을 꿇은 채 물었다.

"불탑이 무엇입니까?"

"허공이니라!"

또 말문이 막히려 하였지만 다시 물었다.

"저 높고 웅대한 불탑을 어찌 허공이라 하십니까?"

아비지는 입을 열지 않았다. 이런 식의 내 질문에 그동안 제
꺽제꺽 답을 해주던 아비지였다.

나는 침만 삼키며 수그리고 있었다. 약간의 침묵이 흐른 뒤
에 아비지가 이윽고 입을 열었다.

"나는 불탑이 허공이라 하였다. 네놈이 만약 이 말에 의심이

생겼다면 지금부터 혼자서 이 의심이 생기는 문제를 해결해 보도록 하여라. 네가 그렇게 해 볼 생각이 있다면 꼭 주의해야할 일이 있느니라."

"풀어보도록 하겠습니다. 그러면 무엇을 주의해야 합니까?"

"그래, 잘 생각하였다. 도가 따로 없느니라. 이렇게 의심을 챙겨 드는 것이 곧 도이니라."

"알겠습니다."

"도인의 길에 들어섰을 때 명심해야 할 한 가지는 챙겨 든 의심을 풀기 위해 책을 들추어 본다거나 노승의 강론을 들어서 풀려고 하면 아니 되느니라. 안될 뿐만 아니라 도의 길을 아예 망치게 되느니라."

"명심하겠습니다."

"그래서 예로부터 참 도인들은 조용한 산속 바위에 오롯이 앉아 있거나 세속을 등진 채 면벽을 하였느니라. 오직 혼자만의 집중으로 이 의심의 덩어리를 박살내겠다는 일념뿐이어야 하느니라."

"그렇다면 불탑이 곧 허공이라는 답을 얻었다 한들, 혼자라면 어찌 정답인지 아닌지 알겠습니까?"

"옳은 질문이다. 그러나 그런 염려는 아니 해도 되느니라. '저 웅대한 불탑을 어찌 허공이라 하는고?' 하는 의심의 덩어리가 박살나는 그 순간 진리의 몸체가 그 자리에서 바로 드러나게 되느니라. 이 순간 정체를 드러내는 이것이 곧 밝고 청정한 거울이니 스스로 보게 되고, 스스로 깨달아 알게 되느니라!"

나는 합장으로 아비지께 반배를 올렸다. 모르기는 해도 아비지의 이 말에는 조금치의 거짓이 없고 좁쌀만 한 허풍도 섞이지 않았으리라는 믿음이 단박 일었다. 그랬다. 이것이 곧 '깨달음'이라고 하는 수수께끼와도 같은 단어의 그 실체를 끄집어내어 내 앞에 팽개친 것이라 싶었다.

"명심하겠습니다."

"됐다. 그렇다면 지난번에 네놈은, '내가 누구인고?' 하는 의심을 들고 있었던 걸로 내가 아는데 이제 그 의심은 내려 두도록 하여라. 그 의심은 네 스스로 품은 의심이 아니어서 공부가 어려웠을 것이다. 하니 오늘 네가 스스로 의심을 일으킨 '저 웅대한 불탑을 어찌 허공이라 하는고?' 하는, 이 한 가지 의심만 챙기도록 하여라."

"알겠습니다!"

"네놈 스스로 챙긴 의심이니 이 의심은 내리지 말고 이제 머리를 깎고 계를 받더라도 주야장창 이 의심에 매달려야 하느니라. 알겠느냐?"

"명심하겠습니다!"

"됐다. 그럼 가서 쉬어라."

"예!"

나는 씩씩하게 대답을 하고 다시 삼배로 예를 올렸다.

그때 내가 다시 물었다.

"의문에 답을 얻었다 한들, 혼자라면 어찌 정답인지 아닌지 알겠습니까?"

아비지가 대답하였다.

"옳은 질문이다. 그러나 그런 염려는 아니 해도 되느니라. '저 웅대한 불탑을 어찌 허공이라 하는고?' 라는 의심의 덩어리가 박살나는 그 순간 가려졌던 진리의 몸체가 그 자리에서 바로 드러나게 되느니라. 이 순간 정체를 드러내는 이것이 곧 밝고 청정한 거울이니 스스로 보게 되고, 스스로 깨달아 알게 되느니라!"

나는 합장으로 아비지께 반배를 올렸다. 모르기는 해도 아비지의 이 말은 조금치의 거짓이 없고 좁쌀만한 허풍도 섞이지 않았으리라는 믿음이 단박 일었다.

그랬다. 이것이 곧 '깨달음'이라고 하는 수수께끼와도 같은 단어의 그 실체를 끄집어내어 내 앞에 팽개친 것이라 싶었다.

보주
오래된 거울 2

1.

아비지가 사라진지 꼭 1년이 지났다. 4월 보름이던 그날, 준공법회가 봉행되던 그날 새벽에 사라진 아비지는 그 후 종종 무소식이었다.

들려오는 풍문은 여러 가지였다. 어떤 사람은 새벽에 서천의 금장대 밑 용소로 걸어 들어가는 사람을 보았다고도 하고 또 어떤 사람은 희붐한 밤중에 소금강산으로 올라간 사람이 있었다고도 하였다. 꼭대기 바위 위에 앉아 참선에 들었던 이 사람은 동이 트자 그대로 앉은 채 떠오르던 태양 속으로 빨려들어 가버렸는데, 이 사람이 바로 아비지였다, 라는 말도 있었다.

모르는 사람들은 아비지가 물속으로 걸어들어 갔다는 둥 태양에 빨려 들어갔다는 둥 헛소리를 지어낸다. 그러나 옳은 도인은 그런 식으로 가지 않는다. 석가모니는 오른쪽 모로 누워서 팔로 머리를 높이 고여 팔베개를 한 채 열반을 하였고, 마하가섭은 좌선에 든 듯 꼿꼿이 앉아서 갔다. 그리고 탈각한 매미가 수풀에 껍질을 남기듯 인연이 다한 헌 육신은 다들 깨끗하게 벗어놓고 갔다.

아비지는 평소에 말했었다.

'내 안의 거울을 본 사람은 염라대왕이 잡아가지 못하느리. 왜냐하면 거울을 보는 순간 죽지 아니하는 이치도 알아버리기 때문이니라!"

이러니 도인들은 염라대왕한테 잡혀가지 않았다는 흔적을 남긴다. 모로 누워서 높이 팔베개를 하여 가고, 앉아서 가고, 서서 가고, 심지어 보란 듯이 두 발로 서 있다가 한쪽 다리를 들고도 간다. 이러하므로 도인은 때가되면 가고 오는 것이 자유자재이다.

하므로 괴로움에 헐떡거리다 숨이 끊어진 사람들은 모두 염라대왕이 갈퀴로 찍어서 잡아간 것이라는 말이 옳은 것이다.

나는 사라진 아비지를 걱정하지 않았다. 도인에게는 저마다 선지식이 있어 때를 아는 지혜가 작동하기 마련이라 하였다. 그러나 나는 황룡사를 떠나지 못했다. 화엄전의 아비지 숙소 방을 청소하며 지킨 채 황룡사의 행자가 되었고, 여덟 달 뒤에

주지 상률사 스님을 은사로 사미계도 받았다. 이로써 나는 아
비지와 스님이 되겠다고 하였던 약속을 지켰다.

2.

거대한 불탑을 마주하는 사람들은 누구나 압도되어 입이 쩍
벌어지기 마련이었다.

"이 탑은 사람이 지은 게 아닐 게야."

"아무렴. 신계에서 노닐던 천신의 작품일 걸세!"

이 정도의 감탄사는 보통 듣는 말이었다. 준공법회 날, 선덕
여왕은 이렇게 감탄하였다.

"숨이 탁 멎을 것 같소. 쳐다보는 순간 무장해제 당하는 느
낌이오!"

상대등 비담의 표현은 이러했다.

"악!―"

사실 장엄한 불탑의 표현은 말로 설명할 방법이 없었다. 그
것을 말하려 하면 이미 본래 느낀 바에서 한참이나 어긋나 버
리기 마련이었다.

이렇듯 탑 밑에 서면 불탑의 위용에 압도되어 생각이 마비
되다시피 하였으므로 준공식 날 아침 정작 주인공이 되었어야

할 당사자인 아비지가 사라지고 없다는 것에는 누구도 크게 놀라워한 사람이 없었었다.

당연히 관심을 가지고 챙겼어야할 용춘공조차,

'할 일을 다 마쳤으니, 인연을 따라 떠납니다!'

라고 내가 전하여준 말을 듣고는,

"음, 바삐 가보셔야 할 데가 있나보군."

하며 대수롭지 않게 들어 넘겼었다. 어쨌건 그 일은 이미 1년 전의 일이 되었다.

3.

'이 높고 웅대한 불탑을 어찌 허공이라 하는고?'

사미계를 받고서도 나는 이 의심을 놓지 않았다. 이 의심 덩어리를 챙겨 든 지 1년이 훨씬 지났지만 해결될 기미가 없었다. 온갖 생각을 다 굴려보아도 탑은 탑이었고 허공은 허공일 뿐이었다.

그날이 또한 4월 보름이었다. 저녁예불을 마친 후 나는 걸레를 빨아들고 아비지가 쓰던 숙소 방을 청소하러 갔었다. 방문을 활짝 열어젖혀 놓고 방바닥에 걸레질을 하는데 다시 의심

덩어리가 치고 나왔다.

'곡차를 마시고 취해서 한 소리야 뭐야? '

아무리 파고들어도 풀리지 않으니 근래에 들어서는 별 생각이 다 드는 것이었다. 그날, 아비지는 비록 3불계를 해제하였다고는 했으나 외출을 하지 않았고 더군다나 혼자 좌선에 들어 있었으므로 곡차는 마셨을 리 없었다. 그런데도 너무나 의심이 안 풀리니 혹여 몰래 술을 마시고, 원래 말도 아니 되는 말을 지껄인 게 아니었나하는 의심까지도 생기는 것이었다.

그러던 중이었다. 나는 걸레를 쥐고 방의 먼지를 닦느라 구부린 채 문득 나도 모르게 의심의 깊은 구렁텅이로 빠져버렸다.

시간이 어찌 흐르는지 알지 못하였다. 방문을 활짝 열어젖히고 있었지만 추운지 더운지 감각도 없었다. 구부정하게 쭈그리고 앉았지만 목이 아픈지 무릎이 아픈지도 몰랐다. 마치 나는 어부의 낚시 바늘을 제대로 물어버린 물고기 같았다.

의심의 덩어리를 제대로 물어버린 나는 이제 내가 아니었다. 그동안 고정화 되었던 생각 또한 생각이 아니었다. 나도 내가 아니고 너도 네가 아니니 모두가 하나였다. 그러니 탑은 탑이 아니고 나무는 나무가 아니었다. 그러하니 또한 탑이 허공이요 허공이 탑이었다.

얼마의 시간이 흘렀을까. 나는 새벽의 여명이리라 여겼다. 이제 곧 해가 돋으려 동창이 훤해지는 줄 알았다. 구부려 시선을 방바닥에 던지고 있는데도 방 밖의 불탑 꼭대기가 훤한 것이 보였고, 방 안에서 보일 리 만무한 금당의 지붕 위가 훤한 것이 보였다. 또한 내가 구부려 않은 방 안도 온통 여명으로 훤하였다. 찰나였다. 그리고 이내 하늘과 땅이 천둥을 치듯 흔들리고 뒤집어졌다. 또한 찰나였다. 모든 것이 찰나에 박살이 났다.

이것이었다. 나는 단박 알아챘다.

아비지한테 물어보지 않아도 되었다. 굳이 물어볼 것도 없었다. 역시 경험한 아비지였다. 무엇을 일러 거울이라 하였는지 말해주지 않아도 바로 알았다. 이것이 선명하게 정체를 드러냈기 때문이었다.

참으로 내 안에서 오래 방치되었던 거울이었다. 내가 이번 생에 태어나서 고작 20년의 문제가 아니었다. 저 창공과 꼭 같이 태고 적부터, 아니다. 태고란 말은 맞지 않다. 창창한 저 우주는 태어나거나 창조된 것이 아니므로 오로지 원래이며 근본이다. 그렇다. 밑도 끝도 없는 무한의 원래 근본에서부터 지금껏 함께 하였던 오래되고 오래된 거울이 분명하였다. 이것이 어찌 늙으며, 이것이 어찌 죽으며, 이것이 어찌 사라지겠는가?

그리고 또한 이것에 어찌 고통이 있을 것이며 이것이 어찌 질병에 걸리기라도 하겠는가?

아비지는 이런 말까지 나에게 한 적이 없었지만 이 또한 찰나에 간파하였다. 그러니 염라대왕이 잡아가서 죽이니 살리니 혹은 지옥 불에 던지니 어쩌니 그 따위 만행도 여기에는 있을 리 없는 일이었다.

이제 나는 알아챘다. 모든 건 찰나였다. 평생 감고 있었던 눈을 번쩍 뜨는 것과 조금도 다르지 않았다. 단번에 모든 것이 다 드러났다. 장님이 눈을 뜬다면 어찌 보고 싶었던 마당의 감나무만 보겠는가. 어지러운 가지 사이로 뭉게구름과, 파란하늘과, 하늘에 떠서 삘삘삘 조바심치는 종달새와, 봄바람에 하늘거리는 여린 이파리와, 담장 밑의 올망졸망한 항아리들과, 앞집의 낮은 초가지붕과 들판의 아지랑이와 먼 산의 수목이며 산천의 아름다운 조화까지, 세상의 모든 풍광을 단번에 봐버리고 알아버리는 것과 다를 바 없었다.

하지만 이 거울의 존재를 까맣게 모르고 있는 저 무수한 무명들은 어찌할 것인가. 백골과 다름없고 피고름을 담은 가죽부대와 같은 저것들이 제 배만 채우겠다고, 제 살 궁리를 하며 아귀다툼에만 몰두하는 저 해괴한 모습들은 어찌해야 하는가?

그리하여 인류 최초로 이 거울을 보았던 저 석가여래는 이

불멸로 향하는 길

들을 무명이라 일컬었을 것이었다. 장님이라 하였을 것이었다. 그렇다. 대체 말을 해도 믿으려들지 아니할 것이며 도리어 미친 소리라고 몰아붙이리라. 그러니 이들을 또한 어찌해야할 것인가?

이윽고 나는 걸레를 손에 움켜 쥔지도 모른 채 방을 나오려다가 알아차리고 툇마루에 던졌다. 동이 트는 새벽인줄 알았는데, 아니었다. 바깥으로 나오자 컴컴한 밤중이었다. 나는 불탑으로 걸어갔다. 가슴이 한 편은 무겁고 한 편은 벅찼다.

불탑 아래로 갔다. 심초석에 거울을 안치하던 방향이었다. 불탑 남쪽의 이 자리에서는 불탑과 금당의 어간문과 법당의 장륙존불이 일직선이었다.

나는 절을 하기 시작하였다. 장륙존불에 절을 하고 금당에 절을 하고 불탑에 절을 하였다. 어쩌면 앞으로 다시 절을 할지 안 할지도 모르는 절이었다. 이제 절이란 것은 해도 그만 안 해도 그만 일 터였다.

마지막으로 오래 방치하였던 내 안의 거울한테 절을 올렸다. 참회의 눈물이 삐어져 나왔다. 여기, 여기 이렇게 숨은 듯이 방치되어 있으리라고는 상상조차 하지 못한 채 정신없이 살아왔던 어리석음에 눈물이 삐어졌다. 멀쩡하게 살아있는 이 몸의 주인을 두고도 그동안 미처 찾아보지 못한 회한에 눈물이 쏟아졌다. 오직 눈에 보이고, 만질 수 있고, 본능적인 감정만이 전부라 여겼던 고정관념의 그 어리석음에 눈물이 쏟아졌다.

나는 절을 하고 또 했다. 오래 방치시켰던 탓에 절을 하고 또 해도 또 미안하여 눈물이 났다. 이제 다시 방치하는 일이 없을 것이라 달래며 또 절을 하고 절을 하였다.

절을 하는 내 마음에 한 줄의 게송이 흘렀다.

천지가 요동치니 백골이
회오리에 휘날리누나.
미묘하게 밝은 거울은
거울이 아니다.
밑 빠진 절구통이니
방아인들 찧으랴!

뎅!―

새벽예불을 알리는 범종이 울려서야 나는 절을 마쳤다. 그러자 곧 아비지 생각이 났다. 물어봐야할 일이 생겨버렸다. 사미로써 여전히 새벽예불에 수굿하게 참여를 하여야 할지, 아니면 이대로 뚜벅뚜벅 걸어 나가 불탑 짓는 일을 배우러 가야할지, 이제 할 일이 없어진 나에게는 그것이 문제였다. 스승 아비지의 조언이 간절하였다.

뎅!ㅡ

범종은 여전히 깊이 잠든 중생들을 깨우고 있었다.

쳤다하면 세른 세 번이었다.

뎅, 뎅, 데엥!ㅡ.

나가기

독자들에게 당부합니다.

참구 중에 혹여 홀연히, 미묘하게 밝은 한 물건을 보게 될지라도 기고만장 하지 마십시오. 별 것 아닙니다. 고작 한 소식한 것이니 아무짝에 쓸 데 없습니다. 비로소 자신의 본래모습, 즉 '나'라고 지칭되는 이 몸의 주인공과 똑바로 대면하였으니, 이를 일러 〈견성〉이라 합니다.

이제 시작입니다.

그러면 지체 말고 눈 밝은 선지식을 찾아가서 점검을 받으십시오. 완성된 인간成人으로 향하는 첫걸음은 그로부터 내딛습니다. 성인聖人의 길 또한 여기서부터 걷지요. 이제야 사람다운 사람의 길에 들어섰다는 법인法印을 받은 것이니, 여기가 바로 출발점입니다.

앞으로 걸어야할 그 길을 도道라고 합니다. 굳건히 걸어가 십시오, 소가 되더라도 콧구녕 없는 소가 되어야 하지 않겠소 이까?

어떤백수 합장.

대아비지
불멸로 향하는 길

초판 1쇄인쇄 2016년 7월 20일
초판 1쇄발행 2016년 7월 22일

저   자 조동수
발행인 박지연
발행처 도서출판 도화
등   록 2013년 11월 19일 제2013－000124호

주   소 서울시 송파구 성내천로 39
전   화 02) 3012－1030
팩   스 02) 3012－1031
전자우편 dohwa1030@daum.net
인   쇄 (주)상현디앤피

ISBN ｜ 979－11－86644－20－1*03810
정가 12,000원